LICHTER LEUCHTEN AM ABEND

Gerda und Martin Haug

LICHTER LEUCHTEN AM ABEND

CALWER VERLAG STUTTGART
ECHTER VERLAG WÜRZBURG

Zweite Auflage 1974

ISBN 3-7668-0382-4 (Calwer Verlag)
ISBN 3-429-00261-3 (Echter Verlag)

Printed in Germany

Gestaltung, Einband und Umschlag: Gerh. Kurt Hofmann
Gesamtherstellung: Graphische Werkstätten Kösel, Kempten

Vorwort

Lichter am Abend – der alternde Mensch braucht sie: Tätigkeiten, die er noch leisten kann, ein bißchen Verstehen, ein bißchen Freude, ein bißchen Liebe und – nicht zu vergessen – auch ein wenig Humor. Er muß sich ja in mancherlei Entsagungen üben und das Zurückstehen täglich ein Stückchen lernen.

Irgendwann einmal im Leben wird er zur Einsicht kommen, daß die genannten Lichter nicht mehr genügen, um den müder gewordenen Geist aufzumuntern und die für jeden Tag notwendige Hilfe zu geben. Da sind noch andere "Kraftquellen" nötig z. B. Worte aus der Bibel, ein tröstender Vers, das stille Reden des Herzens mit Gott oder das Heilige Abendmahl.

Die Schatten wachsen auf dem Weg in den Abend hinein, aber auch die Lichter können heller werden; man muß sie nur zu sehen wissen. Die letzte Wegstrecke mit ihrem Auf und Ab ist kein Spaziergang, sondern ein täglicher Kampf mit sich selbst, mit Krankheit, mit Angst und Anfechtung. Wohl daran ist, wer durch Christus eine Hoffnung gefunden hat, mit der er einem neuen Morgen in einer anderen Welt entgegengehen kann.

"Lichter am Abend" – sie möchten helfende und tröstliche Wegzeichen zum Ziel sein.

Gerda und Martin Haug

INHALT

Teil I Es wird Abend

Teil II Begleiter auf dem Wege

Teil III Das große Licht

Es wird Abend

Der Abend des Lebens
bringt seine Lampe mit sich

PERSISCHES SPRICHWORT

Der Ziegelstein

Der Maurer legte den Ziegelstein auf das Zementbett,
warf ihm mit einem sicheren Schwung seiner Kelle
eine Decke über, und ohne ihn weiter zu fragen,
legte er einen neuen Ziegelstein darauf.
Zusehends wuchsen die Grundmauern empor;
das Haus sollte hoch und fest werden,
um Menschen Schutz zu bieten.
Herr, ich habe an diesen armen Ziegelstein gedacht,
der begraben liegt im Dunkel
am Fuße des großen Baues.
Niemand sieht ihn; er aber tut seine Arbeit,
und die andern brauchen ihn.

Herr, was macht es aus,
ob ich am First des Hauses bin
oder in den Grundmauern,
wenn ich nur getreu bin,
dort an meinem Platz an Deinem Bauwerk.

Alles wird anders

Herr Hollmann reibt sich die Augen: “Was, schon sieben Uhr?” Hat er denn verschlafen? Da muß er doch – ach nein, er muß nicht mehr... Seine Frau, die früher aufgestanden ist, ruft ihm zu:

“Hans, du kannst heute ruhig ausschlafen, auch wenn nicht Samstag ist!” So legt er sich noch einmal auf die Seite, aber schlafen kann er nicht mehr. Wie es wohl im Geschäft weitergeht? Ob sein Nachfolger auch die Ordner richtig weiterführt? Man kann sie doch so leicht verwechseln. Wieviel Zeit wird dann das Suchen kosten! – Es ist alles anders als gestern.

Gemütlich sitzen Hans und Else Hollmann später beim Frühstück. Aber ihm schmecken die frischen Brötchen nicht so gut wie bisher das Brot in der Vesperpause.

Womit soll er nun sein Tagewerk beginnen? Eigentlich hat er ja keines mehr. Gut, daß es eine Zeitung gibt. Ganz in Ruhe und ausführlich kann er sie lesen, aber schließlich hat er auch die letzten Neuigkeiten studiert. Was jetzt tun? Er könnte das Radio einschalten. Natürlich, wozu hält er eine Programmzeitschrift? Wie oft hat er sich geärgert, daß er etwas, was er gerne gehört hätte, versäumen mußte. Jetzt kann er sie genau durchsehen und anstreichen, was er hören möchte: Das Neueste vom Sport oder einen Vortrag über die Verhältnisse im Nahen Osten oder “Mit Musik geht alles besser”. Ob das wohl auch für ihn gilt? Die Rundfunkleute geben sich wirklich viel Mühe, für jeden etwas zu bringen.

Inzwischen ist es Mittag geworden, und das Essen steht auf dem Tisch. Sonst saß er um diese Zeit in der Kantine. Heute hat Else ihm sein Leibgericht gekocht und alles hübsch hergerichtet, sogar ein paar Blumen auf den Tisch gestellt. Alles ist anders.

Jetzt erst fällt ihm ein, daß Else den ganzen Vormittag zu tun hatte. Freilich, für sie gibt es keinen Ruhestand. Das hat er bisher noch gar nicht überlegt. Er könnte ihr doch auch zu ein wenig mehr freier Zeit verhelfen. Herr Hollmann macht eine Entdeckung: Dreimal am Tage steht Else am Spültisch. Er rechnet aus, wieviel Zeit das im Monat ausmacht. Zum Erstaunen seiner Frau ergreift er am Abend ein Geschirrtuch und trocknet ab, – weil es zu zweit doch nicht nur schneller geht, sondern auch mehr Spaß macht. Am andern Morgen hat er etwas Besonderes vor. Früh aufstehen ist er gewohnt, und – als seine Frau ins Zimmer kommt, ist der Frühstückstisch gerichtet.

"Aber Hans ... so etwas!" – und sie fällt ihm um den Hals und gibt ihm einen Kuß, was schon lange nicht mehr passiert ist. Sie sind jetzt doch "ein älteres Ehepaar". Wie ihn das den ganzen Morgen hindurch beflügelt! Im Stillen denkt er: Das soll nicht das letztemal sein. – Alles wird anders. Vom Rundfunk her kennt er den Slogan: "Mit 65 fängt ein neues Leben an." Früher lächelte er darüber, aber jetzt merkt er, daß doch etwas daran ist: Man muß ihn nur richtig auslegen.

Nach dem Mittagessen und einem Schläfchen zieht es ihn hinaus. Die Ärzte wiederholen es ja überall: Bewegung muß der Mensch im Alter haben. Also sollte bei schönem Wetter ein Spaziergang eingeplant werden, versteht sich – mit Else zusammen. Sie sagt zwar, als Hausfrau habe sie genug Bewegung. Aber dann freut sie sich doch. Beim Nachhausekommen entdeckt Herr Hollmann, daß auch er das Gesunde mit dem Nützlichen verbinden könnte: Der Garten um das Haus sieht nicht gerade gepflegt aus. Dazu reichte bisher die Zeit nicht recht. Bald wird das anders sein – und er freut sich schon auf die staunenden Augen seiner Frau.

Nach dem Abendessen steht er wie zufällig vor seinem Bücherschrank. Wieviele Bände hat er noch nicht gelesen! Ehe er es recht merkt, ist er schon in ein Buch vertieft. Es ist bereits fast zehn, als Else ihn erinnert, daß es Zeit sei, zu Bett zu gehen.

Nach ein paar Wochen wundert sich Herr Hollmann, wie schnell doch die Zeit vergeht: "Eigentlich reicht sie schon nicht mehr für alles, was ich vorhabe." Es ist wirklich alles anders geworden!

Herr Hollmann ist offenbar ein Glückskind, daß er die Umstellung beim Eintritt in den Ruhestand so schnell schafft. Um Leute seiner Veranlagung braucht einem nicht bange zu sein.

Ein paar Straßen weiter wohnt Herr Becker, bei dem die Sache anders aussieht. Er ist einige Monate nach Herrn Hollmann pensioniert worden; eine umfassende verantwortungsvolle Tätigkeit liegt hinter ihm. Nun klafft eine schmerzhafte Lücke in seinem Leben. 45 Jahre hat er Erfahrungen gesammelt, jetzt sollen sie ungenützt bleiben. Nicht selten hatte er ein entscheidendes Wort bei Beratungen in seinem Amt mitzusprechen – jetzt fragt ihn niemand mehr um Rat. Noch ein oder zweimal rief sein Nachfolger bei ihm an, seither nicht mehr.

Das macht ihm schwer zu schaffen. Ihm ist, als wenn man ihn in die Wüste geschickt hätte. Müßig sitzt er am Fenster. Fragen, die ihn bisher täglich bewegten, treiben ihn immer noch um. Aber er hat ja nichts mehr zu sagen. Er hat die Zeitung vor sich – und blickt kaum hinein.

Er beginnt zu grübeln. Mit Sorgen sieht es seine Frau. Wie oft muß sie ihn bitten, gut zureden, ja fast anflehen, endlich zum Arzt zu gehen. Der hat Erfahrung mit solchen Patienten. "Herr Becker, Sie hat Ihre Pensionierung schockartig getroffen. Gehen Sie mit Ihrer Frau zusammen eine Zeitlang von hier weg, sammeln Sie neue Eindrücke, machen Sie Ferien vom Ich, um über das Vergangene zur Ruhe zu kommen."

"Das ist leicht gesagt, Herr Doktor, aber wo mag ein dafür

geeigneter Ort sein? Vielleicht in den Bergen, die haben mich immer angezogen?"

"Ich meine nicht, daß Sie gleich eine Weltreise machen müßten. Wenn Sie die Bergwelt lieben, nur zu! Nach Ihrer Rückkehr überlegen Sie sich dann in Ruhe das Weitere."

Herr Becker reist wirklich – nach Südtirol. Mit seiner Frau macht er herrliche Fahrten in den Dolomiten. Von zu Hause wird kaum geredet, die Bergwelt ist zu gewaltig – sie läßt die Probleme seines Amtes vergessen. Eines Tages kommt die Stunde, wo die beiden miteinander überlegen, wie das Stück Leben, das sie noch vor sich haben, mit etwas Wertvollem gefüllt werden könnte. Die Familie braucht ihn nicht mehr; die Kinder sind längst flügge. Aber könnte man nicht etwas mehr Umgang pflegen mit lieben Menschen, für die man bisher kaum Zeit hatte? Sollte er nicht in dem Verein, in dem er bisher nur zahlendes Mitglied war, von nun an tätig mitarbeiten?

Wieviel interessante Dinge gäbe es noch zu studieren! Vielleicht könnte er sich ein ganz persönliches "Lernprogramm" zusammenstellen. Die Welt ist so reich an Möglichkeiten, das Angebot so groß. Man braucht nur dort zuzugreifen, wo man sich mit seinem innersten Interesse engagieren kann – für sich selbst oder im freien Dienst für andere. Es fehlt ja überall an Helfern.

Langsam reifen in den Gesprächen der beiden die Gedanken und Überlegungen heran. Schon beginnt Herr Becker nachts von neuen Möglichkeiten zu träumen. Er fängt an, wieder zu glauben, daß sein Leben auch jetzt noch einen Sinn hat und unter der Führung eines Höheren steht. Es gilt, auf Seine Stimme zu hören und die Augen offen zu halten, um zu sehen, wo man noch gebraucht wird. Manchmal freilich wird es ihn noch schmerzen, wenn die Erinnerungen kommen. Aber sicherlich ist der Platz schon da, an dem er seiner Art und seinen Kräften gemäß sich noch einsetzen kann. Der Weg dazu wird sich finden, wenn er nur Geduld hat. Man darf sich nicht aufgeben.

Zum alten Eisen

Dorthin gehören ausgediente Autos und ähnliche Gegenstände, aber nicht Menschen! Bis ins hohe Alter hinein haben Begnadete unvergängliche Werke schaffen dürfen:

Michelangelo entwarf die Pläne für die Kuppel von St. Peter in Rom mit 85 Jahren.

Tizian schuf sein großes Gemälde "Die Seeschlacht von Lepanto" mit 98 Jahren.

Marc Chagall war über 80 Jahre alt, als er die herrlichen Farbfenster für die Synagoge des Hadassa-Krankenhauses in Jerusalem und – noch später – die im Chor des Fraumünsters in Zürich gestaltete.

Goethe arbeitete noch mit 81 Jahren an seinem Faust.

Haydns herrliche Oratorien "Die Schöpfung" und "Die Jahreszeiten" sind Alterswerke!

Der Physiker Max Planck, der Philosoph Eduard Spranger, Vater Bodelschwingh und Albert Schweitzer arbeiteten bis ins höchste Alter.

Das sind nur ein paar wenige Namen. – Altes Eisen?

Die Gesellschaft braucht aber nicht nur die Werke der Großen, sondern die unzähligen Dienste vieler Unbekannter, die noch tätig sein können. Wird sich doch die Zahl der über Fünfundsechzigjährigen in der Bundesrepublik von 1930 (7,3%) bis 1982 (14,6%) etwa verdoppelt haben.

Nur einige Beispiele von Aktionen für Alte und durch Alte

seien genannt. Zu Weihnachten 1955 erschien in einer der größten Zeitungen Hannovers ein Inserat: "Interessenten zur Gründung eines Klubs der Einsamen und Alten werden um Adressen gebeten." Frau Hildegard Schmidt, selbst Rentnerin und frühere Rechtsberaterin, hat auf diese Weise den ersten Altenklub in der Bundesrepublik gegründet, der bald 200 Mitglieder zählte. Ihr ging es nicht nur um Unterhaltung und Beratung, sondern um konkrete Hilfsdienste solcher, die noch etwas leisten konnten. Wo eine Vertretung für eine erkrankte Mutter gesucht wurde, schickte sie eine "Leih-Oma", ebenso für unbeaufsichtigte Schlüsselkinder. Später konnte sie ein kleines Grundstück erwerben, auf dem ältere Damen noch zu begeisterten "Amateurgärtnerinnen" wurden. Hier war wirklich jeder Quadratmeter Gartenland ein Sieg über Passivität und Resignation.

Ganz ohne Organisation war Frau Gander eine stille Aufgabe zugewachsen. Mit ihren Händen und Füßen konnte sie zwar nicht mehr viel helfen, um so mehr aber mit ihrem warmen Herzen, das mit anderen zu fühlen verstand – und mit ihrer Verschwiegenheit. Schon seit 70 Jahren lebte sie in ihrer Stadt. Sie kannte die Häuser ihrer Umgebung nicht nur von außen, sondern auch die Menschen, die darin wohnten. Weil sie die heute offenbar nicht so häufige Kunst des Zuhörenkönnens besaß und Zeit für die Menschen hatte, bekam sie viel Besuch von solchen, die bei ihr Sorgen und Nöte auspackten. Oft genügte es schon, wenn sie ihre Besucher bewegen konnte, sich in die Lage des anderen hineinzudenken und ihn so besser zu verstehen. Sie genierte sich aber auch nicht, ganz deutlich darauf hinzuweisen, daß manche Schwierigkeit sich lösen würde, wenn man selbst sich änderte. So war sie ein "guter Geist" in ihrer Nachbarschaft. Altes Eisen?

Ein Dienst, den auch solche tun können, die meinen, zu gar nichts mehr nütze zu sein, ist die Fürbitte. Eine Frau, die viele Jahre von einem schweren Herzleiden geplagt wurde, schrieb: "Wie herrlich ist es, daß ich in meinem Schwächezustand durch

Fürbitte Gott noch dienen kann. Ich bin immer wieder glückselig darüber und hielte sonst mein Leben nicht aus. Es ist wahr: 'Der Herr bedarf ihrer' (Matth. 21, 3), auch solch armseliger Eselin, wie ich eine bin."

Auch Männer könnten solche Dienste tun.

Herr Mantschick war Witwer, der von seinen Lieben nur noch die Gräber hatte. Besonders schwer waren die Sonntagnachmittage für ihn, wenn so viele ausflogen und sich miteinander freuten. Was sollte er in seiner Einsamkeit tun? Da kam ihm der Gedanke, daß wohl noch mehr Menschen so einsam waren wie er. Wo konnte er sie finden? Vielleicht im Altenheim der Stadt? Da wird mancher sein, der vergeblich auf einen Besuch wartet. So machte er sich auf den Weg und setzte sich zu den Alten dort. Bald waren Gespräche im Gang, die ihm allerlei Menschenschicksale offenbarten und ihn das seine leichter tragen ließen. Dazwischen erzählte er eine der alten Geschichten, die ihn als Kind schon beglückten. Wie freute er sich, wenn er merkte, daß seine neuen Bekannten ihm gerne zuhörten!

Nun haben aber auch viele Rentner und Pensionäre noch gesunde Kräfte. Ihnen genügt es nicht, stundenlang Skat zu spielen oder Briefmarken zu sammeln. Ihr Arbeitsbereich war zugleich ihr Lebensbereich gewesen, von dem sie nun abgeschnitten waren. Für solche sind Altenwerkstätten eine große Hilfe. In England gab es 1949 schon rund 200 dieser Art. In Holland hat Professor Roeterink, einst Ingenieur bei Philips, eine Fabrik für 350 alte Herren aufgebaut. Bis zu 85 Jahre alt sind die dort Arbeitenden. Diese "Altenfabrik" hat den Göttinger Arzt Dr. Lezius tief beeindruckt. Er wurde zum Begründer der ersten "Fabrik für Pensionäre" in der Bundesrepublik. An Werktischen, die die Männer selbst machten, arbeiten sie für Bosch und Zeiss Präzisionsartikel; andere kuvertieren Tausende von Faltblättern. Weil es bei ihrer Arbeit nicht eilt, fühlen sie sich gesundheitlich wohl. Diese Werkstätte für Pensionäre ist nicht die einzige geblieben. Altes Eisen?

Aber zuletzt kommen einmal die Jahre, wo man nicht mehr arbeiten kann, wo man Lichter am Abend braucht, die nicht durch äußere Tätigkeiten angezündet werden. Es ist ein hohes Ziel, wohin sie führen sollen. Davon schrieb der achtzigjährige Dichter Rudolf Alexander Schröder in seinem Gedichtband "Alten Mannes Sommer":

Ihr Jungen und ihr Alten,
die Mühsal ist vergebens;
im stummen Händefalten
schließt sich der Ring des Lebens,
des Wähnens und Beginnens,
der Zweifel und Gedanken.
Am Ende allen Sinnens
steht: Lieben, Loben, Danken.

Gebet um Humor

Schenke mir eine gute Verdauung, Herr,
und auch etwas zum Verdauen.
Schenke mir Gesundheit des Leibes,
mit dem nötigen Sinn dafür,
ihn möglichst gut zu erhalten.
Schenke mir eine heilige Seele, Herr,
die das im Auge behält, was gut ist und rein,
damit sie im Anblick der Sünde nicht erschrecke,
sondern das Mittel finde,
die Dinge wieder in Ordnung zu bringen.
Schenke mir eine Seele, der die Langeweile fremd ist,
die kein Murren kennt, und kein Seufzen und Klagen;
und laß nicht zu, daß ich mir allzuviele Sorgen mache
um dieses sich breitmachende Etwas,
das sich "Ich" nennt.
Herr, schenke mir Sinn für Humor.
Gib mir die Gnade, einen Scherz zu verstehen,
damit ich ein wenig Glück kenne im Leben
und andern davon mitteile. Amen.

Müssen Großeltern immer Ja sagen?

An einem schönen sonnigen Februarmorgen saß Frau Weller an ihrem Fensterplatz vor dem Nähtisch und ließ ihre Gedanken spazierengehen, während die Hände fleißig an einem kleinen Paar Fäustlinge strickten, die noch zu Monikas Geburtstag fertig werden sollten; das war ihr jüngstes Enkelkind. Sie hatte sie alle in einem Rahmen vor sich an der Wand, in Groß- und Kleinaufnahmen, lachend oder verträumt, wie die glücklichen Eltern sie gerade im Bild hatten festhalten können. Wenn Frau Weller ihre Morgenarbeit getan und für ihren Mann gesorgt hatte, der jetzt friedlich im Nebenzimmer die Zeitung las, dann saß sie gerne eine Weile hier, dachte in ihre vier "Kinderhäuser" hinüber und bemühte sich, alles, was da an Sorge in ihr aufstieg, an der richtigen Stelle abzulegen, wenn es auch manchmal schwer fiel. Denn es war vieles so anders als früher. Sie verstand ihre Kinder und Schwiegerkinder in ihrem Lebensstil und ihren Entschlüssen oft einfach nicht. Aber durch Dreinreden wurde es ja auch nicht besser. Nur gut, daß ihr Mann noch leidlich rüstig war und sich auch einmal für ein paar Tage selbst versorgte, wenn sie irgendwo zu Hilfe gerufen wurde. Der Jahresanfang war sehr unruhig gewesen. Zuerst rief der Sohn aus München an, der mit Frau und Kind im Weihnachtsurlaub in den Bergen gewesen war:

"Liebe Mutter, Elke hat sich beim Skilaufen den Fuß gebrochen. Es ist kein schlimmer Bruch; wir helfen uns schon durch. Wenn ihr nur Roland für 14 Tage zu euch nehmen könntet."

“Natürlich tun wir das, bring ihn nur her.”

So war der lebhafte Fünfjährige einen halben Monat lang ihr Gast gewesen, zum erstenmal ohne die Eltern. War das auf einmal ein Leben in ihrem stillen Haushalt! Im Morgengrauen stand er manchmal schon barfuß an Großmutters Bett und fragte, ob er jetzt den Vögelchen Futter streuen dürfe. Nach dem Morgenfrühstück ging Großvater oft mit ihm spazieren und einkaufen. Wenn sie davon zurückkamen, setzte sich Herr Weller meist ganz erschöpft in seinen Sessel und seufzte:

“Ich habe noch gar nicht gewußt, was ich alles nicht weiß. Er fragt mich in Grund und Boden.” Aber er lachte dabei und war so vergnügt wie lange nicht.

In der altmodischen Wohnung gab es für Roland eine Menge zu entdecken und zu betasten. Es war viel interessanter als daheim bei den Eltern. Manchmal passierte auch ein kleines Unglück, und dann gab es einen – auch altmodischen Klaps. Aber im allgemeinen vertrugen sich die Drei herrlich miteinander, und der Abschied fiel ihnen allen gleich schwer, wenn auch die Großeltern sich wieder auf die Ruhe freuten.

Wäre dann nur nicht gleich der Anruf aus Würzburg von der ältesten Tochter, die drei Kinder hatte, gekommen.

“Alles hat die Grippe, wir sind das reine Lazarett. Kann Mutter nicht für ein paar Tage kommen?”

Das mußte natürlich sein und dauerte über zwei Wochen, in denen Herr Weller sehen mußte, wie er ohne seine Frau fertig wurde.

Aber nun war es endlich ruhiger geworden. Wie gut tat das ihnen beiden und auch dem Haushalt, in dem es mancherlei nachzuholen gab. Während Frau Weller noch einmal diese letzten Wochen an sich vorüberziehen ließ und ihre Pläne für die nächste Zeit machte, klingelte die Hausglocke und die Post kam. Zwei Briefe von den Kindern waren dabei, die natürlich zuerst aufgemacht wurden.

“Liebe Eltern”, schrieb Hanna, deren Mann als Ingenieur

einen sehr verantwortungsvollen Posten in einem Großbetrieb in Köln hatte, "ganz unverhoffterweise bekommt Erich in diesem Jahr schon im Mai Urlaub. Wir möchten so brennend gern mit Wagen und Zelt auf einen Campingplatz an der Adria fahren. Jürgen nehmen wir mit. Es ist das letztemal, daß wir noch nicht auf die Schulferien Rücksicht nehmen müssen. Dürfen wir Monika bei Euch absetzen? Sie ist ein liebes Kind, und es handelt sich ja nur um 15 Tage. Bitte, bitte erfüllt uns doch diesen großen Wunsch."

Großvater Weller las über die Schulter mit und sagte bedächtig: "Nun ja, das werden wir wohl machen müssen. – Drei Jahre ist sie alt, das geht ja schon. Sie hat wenigstens noch nicht soviel zu fragen wie Roland. Wenn es nur dir nicht zuviel wird. Aber von wem ist denn der andere Brief?"

"Von Ursula, da steht aber oben dran: Nur für Mutter. Den muß ich zuerst allein lesen."

Diese geliebte jüngste Tochter hatte vor knapp einem Jahr, erst achtzehnjährig, einen jungen Grafiker geheiratet, der leider noch in keiner festen Stellung war, vielmehr am liebsten immer weiter als freier Künstler gearbeitet hätte. Ursula behielt daher ihren gutbezahlten Büroposten bei, auch um die noch lückenhafte Wohnungseinrichtung zu ergänzen.

Frau Weller brauchte sehr lange, um diesen Brief zu lesen. Ihr Mann ließ ihr Zeit, aber schließlich wunderte es ihn doch, daß seine lebhafte Frau immer noch mit dem Blatt in der Hand dasaß und vor sich hinschaute.

"Was schreibt sie denn, ist etwas Schlimmes passiert?"

"Ach nein, eigentlich sollte man sich darüber freuen. Sie erwartet im Juli ein Kind."

"Dann freu dich doch."

"Sie schreibt, daß sie es lieber erst später gehabt hätte. Manfred möchte sich noch nicht durch eine Anstellung binden und hat für das nächste Jahr noch fest mit ihrem Verdienst gerechnet."

“Und was meint sie selbst dazu?”

“Sie fragt, ob wir nicht das Kleine wenigstens für das erste Halbjahr nehmen könnten. Zum ersten Januar würde die Firma sie leichter freigeben, und das Weihnachtsgeld bekäme sie auch noch.”

“So so, das ist ja alles sehr praktisch ausgedacht.” Vater Weller durchmaß mit großen Schritten das Zimmer. Seine Frau merkte, daß bei ihm ein Gewitter im Anzug war und sagte leise und schüchtern: “Es ist jetzt eben alles ganz anders als früher. Wir müssen versuchen, das zu verstehen.” Aber damit löste sie seinen Ärger erst recht aus.

“Alles wird in Rechnung gestellt: Die Kunst, das Interesse der Firma, das Geld”, polterte Herr Weller los, “und das Kostbarste, der kleine neue Mensch, kommt dann schließlich an letzter Stelle und soll zu den Großeltern abgeschoben werden. Am Jahresende sagt Ursel dann wahrscheinlich: Jetzt hat mein Mann gerade eine ganz große künstlerische Eingebung – oder – jetzt hat die Firma einen besonders wichtigen Auftrag. Und bei euch ist das Kleine ja so gut aufgehoben... Ich ahne schon, wie es dann weitergeht.”

“Aber Kurt, Ursel wird sich dann doch nach ihrem Kind sehnen.”

“Glaubst du das? Ich nicht. Auch Mütterlichkeit muß erst wachsen, und das geschieht in der allerersten Zeit.”

“Manfred wird es gar nicht verstehen, wenn wir einfach nein sagen.”

“Dann soll er es lernen. Wenn er gar nicht damit gerechnet hat, daß zu einer Ehe auch Kinder gehören, dann tut er mir leid, und Ursel noch viel mehr. Aber sie sind ja beide jung und können sich noch ändern.”

“Was sollen wir nur machen? Ich würde den beiden doch so gerne helfen, statt die Türe einfach zuzuschlagen. Und ich hätte bestimmt auch Freude daran, das kleine Wesen zu versorgen.”

“Abschreiben, Klara, abschreiben. Je deutlicher, desto besser. Wenn du willst, tue ich es. Oder soll ich an Manfred schreiben und du an Ursel?”

“Nein nein, du weißt doch, wie schwierig er ist. Von ihm steht ja nicht einmal ein Gruß in diesem Brief.”

“Dann rate ich dir: Schlafe noch einmal darüber und schreibe morgen.”

Ach, das war leicht gesagt. Mutter Weller lag in der Nacht lange schlaflos und besann sich, wie sie das machen sollte, ohne daß die Türe zufiel. Am nächsten Morgen schrieb sie den Brief ins Unreine, überlegte, ob sie nicht einfach hinfahren sollte, verwarf es aber wieder, weil sie sich einem Gespräch mit den beiden nicht gewachsen fühlte. Gerade dieser Tochter gegenüber, die mit ihrem Mann ganz in der modernen Kunst lebte und sich innerlich weit vom Elternhaus entfernt hatte, fühlte sie sich besonders unsicher. Dann schrieb sie schließlich so schlicht und aus dem Herzen heraus, wie sie früher der kleinen Ursula Geschichten erzählt hatte. Und dies ist der Brief, den sie endlich klopfenden Herzens ihrem Mann brachte.

“Ihr lieben Kinder, erstmal freue ich mich, daß der liebe Gott euch ein Kind schenken will und ihr sollt euch auch freuen. Ich würde es dem Herzen nach gern zu mir nehmen und wollte alles für es tun. Aber es darf nicht sein. Nicht daß ihr meint, es wäre uns zuviel. Auch nicht wegen der andern sechs Enkel, obwohl ich immer wieder hie und da einspringe und dafür frei sein müßte. Aber euretwegen und um des Kindes willen. Ihr könnte ja noch nicht wissen, wie schön es ist, solch ein kleines Ding im Arm zu haben und zu pflegen vom ersten Tag an. Es ist ja ein Stück Leben von euch beiden und ein solches Wunder, daß dagegen alles andere dann an die zweite Stelle rückt. Und das Kind muß seine Eltern um sich haben vom ersten Tag an. Es merkt schon sehr früh, ob seine Umgebung und seine Pflegerin wechseln, und das schadet ihm. Ich bitte euch von Herzen: Setzt alles andere hintenan und sorgt, daß das Kind sein Nestchen bei *euch* findet. Jetzt ärgert ihr euch vielleicht über unsere Absage, aber später werdet ihr genau wissen, daß es so richtig war. In Liebe zu Euch Dreien die Großmutter."

Vater Weller schrieb mit seiner großen steilen Handschrift darunter: "Ich weiß einen Verlag, in dem ich Manfred wohl eine Stelle vermitteln könnte. Es wird seiner Kunst nichts schaden, im Gegenteil. Wir können Euch im ersten Jahr mit einem monatlichen Betrag beistehen. Nur Mut! Beim Ersten geht es auch noch ohne Waschmaschine. Euer Vater."

Die Adresse verfloß ein bißchen, weil der sonst so tapferen Frau Weller ein paar Tränen darüber rollten. Ob es so wirklich richtig war? Was werden Manfred und Ursula dazu sagen?

Die Kontaktperson

Vom Aussichtsweg über der Stadt hat man einen herrlichen Blick hinunter auf das weite Rund der Riviera mit den weißen Segeln auf dem blauen Wasser, dem bunten Menschengewimmel am Strand und auf die felsigen Hänge, an denen sich die Häuser den Berg hinaufziehen. Aber nicht davon will ich erzählen, sondern von einer zierlichen, weißhaarigen Schweizer Dame mit fröhlichem Gesicht und Augen, die gleichsam ständig Ausschau halten, ob jemand da ist, der sie brauchen könnte.

Ich lernte sie auf einer Aussichtsbank kennen, wo sie ihre Einkaufstasche und sich selbst hingesetzt hatte, um dann mit frischer Kraft die letzte Steigung bis zu der alten, früher einmal herrschaftlichen Villa zu bewältigen, in der sie zur Miete wohnte. Wie freute ich mich, einen deutschredenden Menschen zu finden! Daß sie ebenso fließend italienisch, französisch und englisch sprach, merkte ich erst später.

"Nein, ich bin kein Kurgast. Ich wohne schon seit vielen Jahren hier, früher mit meiner Mutter, die des Klimas wegen als Witwe hierher gezogen war, jetzt allein, aber selten wirklich allein. Ich habe nämlich ein Amt!"

"Wie, in Ihrem Alter?"

"Freilich, es ist ja auch nur ein Ehrenamt, aber ein schönes, wenn es auch keinen schönen Titel hat. Ich bin nämlich 'Kontaktperson' für den kirchlichen Dienst unter den deutschsprechenden Kurgästen hier, im Auftrag der Evangelischen Kirche in Deutschland." Bei dieser Selbstvorstellung schien sie mir um ein paar Zentimeter größer zu werden. Aber ihre lachenden Augen zeigten, daß sie sich nichts darauf einbildete.

"Es fand sich eben niemand anderes dafür, und da ich sowieso als Organistin für die verschiedenen protestantischen Gottesdienste hier spiele, lag das auch nahe. Wir haben hier die ganze Saison über in der Anglikanischen Kirche jeden Sonntagnachmittag evangelischen Gottesdienst in deutscher Sprache, für den uns aus Deutschland für je vier Wochen ein Pfarrer geschickt wird. Er bekommt meine Adresse, und ich darf ihn dann mit allem Nötigen bekannt machen und sozusagen anlernen. Sie glauben gar nicht, wie man sich da immer umstellen muß, aber auch, wie interessant das ist: Alle vier Wochen ein anderer Pastor, ein anderer Talar und öfters auch eine andere Theologie. Da kommt ein Bayer im Lutherrock, ein Berliner im hellen Anzug oder ein Hamburger, der sogar seine große Halskrause mitbringt. Einmal kam gar keiner. Er hatte sich zwar pünktlich angemeldet, war aber kurz vor der Abfahrt krank geworden. Bei uns streikten gerade die Postleute, so daß ich die Nachricht erst viel später erhielt. Die Gemeinde kam pünktlich: Braungebrannte Feriengäste aus vielen deutschsprachigen Ländern, die auch einmal etwas für ihren inneren Menschen tun wollten. Alle saßen erwartungsvoll und andächtig da, die Kerzen brannten, die Orgel war geöffnet, nur der Platz für den Pfarrer war leer. Was tun? Da faßte ich mir ein Herz..." – und als sie das erzählte, spürte man richtig, was für einen Ruck sie sich da hatte geben müssen. – "Ich ging von meiner Orgelbank hinunter vor die Gemeinde und sagte: "Bitte schön, ist hier nicht vielleicht jemand, der den Gottesdienst halten könnte? Unser Pastor ist nämlich ausgeblieben." Kopfschütteln, Raunen und Flüstern in den Bänken, – dann steht ein junger blonder Mann aus einer Gruppe von Holländern auf und sagt: 'Ich bin Pastor, verstehe etwas deutsch, kann aber nur holländisch predigen.' Wie glücklich war ich! Es saßen ziemlich viele Holländer da, die kamen also auf alle Fälle auf ihre Rechnung. Die andern verstanden wenigstens den deutsch verlesenen Text, und die Lieder waren ja auch deutsch. So gab es einen wahrhaft ökumenischen Gottesdienst: Predigt und Gebet auf Holländisch, deutsche Choräle, in der englischen Kirche auf italienischem Boden. Und alle gingen fröhlich heim."

"Wurde denn der richtige Pfarrer bald gesund?"

"Leider nicht. Ich mußte auch für die nächsten drei Sonntage selbst zusehen, wie ich zu einem Pastor kam. Einmal bat ich den Waldenserpfarrer, der freilich italienisch predigte. Aber ich konnte ja dolmetschen. Für das nächste Mal fand ich in der Kurliste einen schwäbischen Pfarrer, der am Montag abreisen mußte, aber am Sonntag gerne noch aushalf. Den Talar lieh ihm der anglikanische Amtsbruder, der glücklicherweise etwa ebenso groß war. Nur die 25 Knöpfe daran machten dem Schwaben viel Mühe. Zum letzten Sonntag konnte ich absolut keinen Prediger finden. Mein letzter Einfall war, auf die Post zu gehen und den Waldenserpfarrer noch einmal anzurufen. Aber der hatte nicht frei. An wen sollte ich mich jetzt noch wenden? Ganz verzagt saß ich neben der Telefonzelle und sah die Leute aus- und eingehen. Auf einmal sagte es in mir so deutlich, wie ich es Ihnen jetzt wiederhole: 'Rufe *mich* an in der Not...' Das tat ich dann wirklich und – was glauben Sie – auf einmal kommt ein Herr herein, der mit bekannt vorkam: Ein Diakon aus dem Rheinland, der vor Jahren schon einmal bei uns gepredigt hatte. Er tat Dienst auf einem Campingplatz in der Nähe. Als ich ihm alles erzählte, sagte er verwundert: 'Daß ich gerade heute und jetzt hier auf die Post gehen mußte – natürlich komme ich.' Gerade dieser Gottesdienst war besonders gut besucht. Stellen Sie sich vor, wie enttäuscht die Gemeinde gewesen wäre, wenn man sie ohne Gottes Wort hätte wegschicken müssen."

Die kleine weißhaarige Kontaktperson hatte vor Eifer ganz rote Wangen bekommen.

"Erlauben Sie mir bitte noch eine Frage: Wie alt sind Sie denn?"

"73 Jahre."

"Wie werden Sie nur mit all diesen aufregenden Dingen fertig?"

"Im Winter ist es ruhig, weil wir da leider gar keine deutschen Gottesdienste haben. Ich freue mich dann schon immer auf den April, wo sie wieder anfangen. Kontakte mit Menschen zu suchen und zu finden ist doch eine wunderschöne Aufgabe, an die man sich auch noch mit halben Kräften heranwagen kann. Vielleicht – manchmal – sie sagte das sehr zögernd und bescheiden – finden sie dadurch auch einen neuen Kontakt zu Gott. Aber nun muß ich heim. Auf Wiedersehen am Sonntag."

Eigentlich hatte ich an diesem Sonntag gar nicht in die Kirche gehen, sondern einen Tagesausflug mitmachen wollen. Aber nun entschloß ich mich doch dazu, und es tat mir gut.

Seit ich wieder hier in der großen Stadt lebe, in meiner Dienststelle, wo es so unpersönlich zugeht, in der Hochhauswohnung, wo man die Mitbewohner kaum kennt, muß ich oft an das Erlebnis an der Riviera denken. Bei mir liegt zwar alles anders, aber ich könnte es doch auch einmal versuchen, eine Kontaktperson zu werden.

Das Fenster

Wenn ich früher zu meiner alten Mutter kam, saß sie meist an ihrem Fensterplatz auf einem erhöhten Tritt, strickte oder las; und dazwischen schaute sie immer wieder hinaus in den Garten, den sie früher mit viel Liebe betreut hatte. Allerlei Blumenstücke: Geranien, Primeln und Blattpflanzen verkleinerten zwar diesen Ausblick, aber sie liebte Blumen am Fenster. Mir kam es so vor, als ob sie in einsamen Stunden Zwiesprache mit ihnen hielte.

Nun habe ich selbst in meiner Ruhestandswohnung ein großes Fenster mit einem langen Sims. Als ich einzog, bekam ich soviel Blumenstöcke von lieben Menschen, daß der Platz darauf nicht einmal ausreichte. Jeden Morgen hatte ich meine 21 Schützlinge zu versorgen. Der Hibiscus will, daß ich seine eben aufgegangene Blüte bewundere. Ich muß nachsehen, ob die Passionsblume bald aufblüht und ob zwischen den Blättern der Calla nicht auch ein Blütenstengel hervorkommt. Neben der mächtig anwachsenden Buntnessel blüht unentwegt und bescheiden das "fleißige Lieschen". Ein Ereignis war es, als die Amaryllis ihren Schaft emportrieb, der ganz rasch die Höhe von 70 cm erreichte und vier herrliche rote Blüten trug. Ein wahres Wunder der Schöpfung! So bin ich wie viele ältere Menschen zum Blumenfreund geworden und verstehe jetzt meine Mutter mit ihren stillen Freuden erst richtig.

Mein großes Fenster schenkt mir aber noch eine andere Gabe:

Den Blick eines weiten Horizontes, immer wieder anders im Frühjahr, Sommer, Herbst oder Winter. Da fiel mir jenes Fenster ein, das der Prophet Daniel offen hatte (Dan 6, 11): "Des Tages dreimal fiel er auf seine Knie, betete und lobte Gott." Sein Fenster war sicher viel kleiner als meines, aber der Blick auch aus dem größten Fenster kann nicht höher hinaufgehen als zu Gott hin, der die Tage des Alters mit seiner Kraft und seiner Freude erfüllen möchte.

Was Daniel tat, ist schon lange her. Von einem Industriellen aus unserer Zeit las ich, daß er jeden Abend in seinem Bürohaus das Fenster öffnete, wenn die Betglocke einer Kirche in der Innenstadt das Rauschen des Straßenverkehrs zu durchdringen suchte. Er hörte nur auf die Stimme der Glocke, die sein Herz mit Frieden erfüllte.

Wie war das gekommen? In einem Luftkurort hatte er wegen nervöser Erschöpfung einen Arzt aufgesucht. Dort erlebte er, wie der Arzt – trotz vollem Wartezimmer – die Beratung unterbrach, sein Fenster öffnete und seinen Patienten dorthin bat. Verwundert schaute der Mann den Arzt an: "Was soll das sein?"

"Lassen Sie uns einen Augenblick stille werden, solange es läutet."

Da ging es ihm auf, wie dieses Abendläuten beruhigt, wenn man bewußt darauf hört. Es war ihm zumute, als lege sich tröstend eine Hand auf seine Stirn. Als der Arzt sich für die Unterbrechung entschuldigte, entgegnete der Patient:

"Nichts zu entschuldigen, im Gegenteil, ich habe Ihnen zu danken. Dies ist offenbar eine einfache und wirksame Methode, Kraft zu schöpfen und Frieden zu finden in der Hetzjagd des Alltags."

"Halten Sie daran fest, auch wenn Sie wieder tief in der Arbeit stecken", meinte der Arzt, "dann war Ihr Kuraufenthalt hier nicht umsonst."

Ein Blick in die weite Welt

Wenn man älter wird, ist man in Gefahr, daß der Umkreis der Interessen immer enger wird und die Gedanken viel und oft um das eigene Ich, die eigenen Sorgen und Beschwerden kreisen. Die Pensionierung bringt ein Geschenk mit: Mehr Zeit. Wozu? Doch nicht, um Langeweile zu haben. Solange der Kopf noch mittut, sollte diese Zeit zur Erweiterung des Gesichtskreises durch Bücher, Radio und Fernsehen genutzt werden. Dadurch bleibt der eigene Geist beweglich, und man übernimmt hörend und schauend, fühlend und denkend ein Stück Mitverantwortung für die Menschen. Gedanken sind eine stille Macht.

Ein Blick z. B. in die Nöte der Dritten Welt, in die unterentwickelten Länder in Asien, Afrika und Südamerika wird uns dankbar machen für alles, was wir Abendländer haben. Schon wenige Streiflichter genügen, um die Nöte der "armen Länder" ahnen zu lassen. Man kann dabei von den Großprojekten absehen, die die Struktur eines ganzen Landes verändern, wie es etwa beim Bau von Staudämmen, Kraftwerken und Industrieanlagen der Fall ist; das sind Angelegenheiten der großen Weltpolitik und Weltwirtschaft. Die Stelle aber, wo unser Interesse gerade auch im Alter wach werden und lebendig bleiben muß, ist der unmittelbar menschliche Faktor bei all diesen Problemen.

Man muß hier, um urteilen zu können und sich zum Helfen aufrufen zu lassen, sich einfach einmal die Tatsachen vergegenwärtigen. Die Weltbevölkerung ist 1971 auf rund 3,5 Milliarden angestiegen und wächst in einem beängstigenden Tempo weiter. Allein in Indien kommen zu den 547 Millionen jeden Tag 57 000, jährlich 21 Millionen Babys hinzu, so daß am Ende dieses Jahrhunderts rund 1 Milliarde Inder leben und essen müßten, wenn nicht durch unvorhergesehene Ereignisse und Familienplanung diese Zahl verringert wird. 200 Millionen Inder müssen heute von je 50 Pfennig am Tag ihr Leben fristen, wenn man den Lohn des Ernährers auf die Familie aufteilt. Das reicht für ein karges Essen, aber schon nicht mehr für Schuhe. Jeden Tag verhungern in der Welt etwa 10 000 Menschen, 16% vegetieren an der Grenze des Verhungerns und 60% der Weltbevölkerung sind unterernährt.

Ähnlich wie in Indien ist es in weiten Gebieten Südamerikas. Sogar in den großen Industriegebieten Brasiliens vor den Toren von Sao Paulo hat der technische Fortschritt bis jetzt noch nicht für die breite Masse die Mittel für ein menschenwürdiges Dasein gesichert. Bei Untersuchungen der lutherischen Gemeinde dort in ihrem Sozialzentrum kam heraus, daß von 237 Familien nur fünf ein monatliches Einkommen von mehr als 60 DM erreichten. Die beiden großen Hilfswerke "Brot für die Welt" (Evang.) und "Misereor" (Kath.) suchen hier zu helfen, z. B. bei Hungersnöten und Katastrophen durch Lebensmittel, Kleider, Dekken und Zelte zum Schutz gegen die Witterung. Aber wichtiger ist es, Starthilfen für Projekte zu geben, die es den Menschen möglich machen, selbst ihre Lage zu verbessern; dafür werden rund 50% aller Mittel ausgegeben, weil dabei die Geldmittel gleichsam vervielfacht und die Betreffenden zur Selbsthilfe erzogen werden.

Wenige Beispiele genügen, um dies zu veranschaulichen. In einem von der Stadt weitabgelegenen Gebiet in Kamerun lernen junge Männer den Anbau von geeigneten Feld- und Gartenfrüchten und die Aufzucht von Geflügel. Das kostet nicht viel Geld, aber viele Familien können sich dadurch selbst ihre Existenzgrundlage schaffen.

Am Rand von Nairobi (Kenya) wohnen 20 000 Menschen in einem Elendsviertel ohne Kanalisation, Wasser und Elektrizität. Entwicklungshelfer bauten eine Wasserleitung und eine Schule und ermutigten dadurch die Bewohner zur Mitarbeit. Durch Unterstützung von “Brot für die Welt” wurde eine Entwicklung in Gang gebracht, an der sich zuletzt Organisationen aus aller Welt beteiligten, zusammen mit einer Summe von einer Million DM. Bald werden die Elendshütten verschwunden sein.

In Indien führte die Initiative des Christlichen Vereins junger Männer (YMCA) zur Einführung einer großen Bienenzucht. 500 Familien in der südindischen Stadt Martandam finden dadurch jetzt ihr Auskommen. Im St. Joseph Technical Institut in Poona in Indien bildeten Patres in wenigen Jahren 500 Jungen zu hochqualifizierten Facharbeitern aus, die gut verdienen und viele ernähren können. Andere Patres leiten in Shrirampur ein Sozialzentrum, das Kleinbauern finanzielle Hilfe gibt, um Pumpen für Brunnen kaufen zu können. Dadurch kann der Ertrag des nicht unfruchtbaren Landes erheblich gesteigert und der Lebensstandard der Bevölkerung entscheidend gehoben werden. Viele hundert ähnlicher Projekte werden durch “Brot für die Welt” und “Misereor” unterstützt.

Während in den “reichen Ländern”Krankheiten wie Cholera, Malaria und Tuberkulose fast verschwunden sind, werden in den “armen Ländern” viele zu Krüppeln oder sterben, weil ärztliche Hilfe weit entfernt ist oder ganz fehlt. Im wohlhabenden Drittel der Menschheit gibt es zehnmal soviel Ärzte, fünfzehnmal soviele Krankenschwestern und zwölfmal soviele Krankenhausbetten für die Bevölkerung wie bei den armen Zweidritteln. Wie wichtig ist es, wenn in einem Gebiet fast so groß wie Baden-Württemberg in der Buschsteppe in Nordkenya, wo es keinen Arzt und kein Krankenhaus gibt, ein medizinisches Team im Geländewagen in regelmäßigem Turnus zu vielen kleinen “Gesundheitszentren” fährt, ihr Personal weiter schult und Schwerkranke mitnimmt; das ist Hoffnung für etwa

30 000 Menschen. In Moshi am Südabhang des Kilimandscharo ist ein hochmodernes Forschungskrankenhaus gebaut worden. Dort wird neben der Forschungsarbeit die Ausbildung einheimischer Kräfte für die Buschhospitäler betrieben, die auch Krankheiten erkennen lernen, z. B. Lepra, die im Frühstadium heilbar ist. Von etwa 3,9 Millionen Leprakranken sind erst 1,712 Millionen erfaßt! Viele solcher medizinischen Projekte werden von den beiden Hilfsorganisationen unterstützt. "Brot für die Welt" gibt für die Gesundheitshilfe 28% seiner Gelder aus. Fast alle Hilfen setzen eine bessere Bildung der Farbigen voraus. Deshalb werden etwa 13% für Schulen und Schülerheime aufgewandt. Insgesamt hat "Misereor" in 10 Jahren (1959–1969) für 6404 Projekte in mehr als 90 Ländern 570 Millionen durch Spenden aufgebracht. "Brot für die Welt" konnte in der gleichen Zeit 82 Ländern für 1156 Projekte durch Spenden aus der Bundesrepublik mit 211 Millionen DM Hilfe bringen. Hinter diesen Zahlen steht die Fürbitte von Kirchen, Gemeinden und vielen einzelnen. Dafür gibt uns die Muße des Alters mehr Zeit als früher. Leuchtet nicht damit in der Finsternis dieser Welt wenigstens etwas von menschlicher Liebe und Teilnahme auf?

Schon vor rund 200 Jahren hat Matthias Claudius seine betenden Gedanken um die ganze Welt kreisen lassen:

Siehe, wenn ich beten will, stell ich mir die ganze Welt
als meines Vaters Haus vor,
und alle Menschen in Europa, Asien, Afrika, Amerika
sind dann in meinen Gedanken meine Brüder und
Schwestern;
und dann fange ich an ...

Die Orchidee

Da saß nun die alte Frau am Tisch und starrte vor sich hin. Der Postbote war längst vorbei – nur ein paar Drucksachen hatte er unter der Tür hereingeschoben. Nichts von dem Jungen, gar nichts. Daß er in der letzten Zeit manchmal zu schreiben vergaß, daran hatte sie sich schon gewöhnt. Aber daß er nun ihren siebzigsten Geburtstag vergessen hatte!

Sie konnte nichts dafür: Immer wieder mußte sie schlucken, die alte Frau, immer wieder stiegen ihr die Tränen hoch. Da konnte sie sich hundertmal vorsagen: "Er arbeitet. Er hat's über all der Studiererei vergessen. Mein Geburtstag – was ist das schon? Ein Tag wie jeder andere, kein bißchen anders" – und sie wußte doch zugleich: das stimmt ja gar nicht!

Immer war Mutters Geburtstag etwas Besonderes gewesen: Da war er morgens schon früh aufgestanden, der Junge (und dabei schlief er so gern!), da hatte er Feuer gemacht, die Küche aufgeräumt, gefegt und gebohnert, und wenn sie dann aufstand, war der Tisch gedeckt. Und mitten auf dem Tisch stand die Vase mit den Alpenveilchen. Drei zuerst, als er noch klein war und das Taschengeld für mehr nicht reichte, fünf, als er nebenbei verdiente, mit Zeitungtragen oder so. Und immer hatte er noch irgendeine Kleinigkeit dazu: Ein Fläschchen Parfüm, ein Stück Seife, ein hübsches Taschentuch.

Das allererste Geschenk – sie mußte lächeln, als sie nun daran dachte: Ein Päckchen Haarnadeln, in Seidenpapier gewickelt, mit einem grünen Band unbeholfen eingebunden. Obendrauf ein Alpenveilchen, eine einzige dunkelrote Blüte. Und im Blumentopf am Fenster waren nur noch ein paar Blätter. Die letzte Blüte vom letzten Geschenk des toten Vaters hatte er abgepflückt.

"Freust Du Dich nicht, Mutter?"

Und sie hatte sich zusammengenommen: "Ich freue mich sehr, mein Junge, sehr..." Dann hatte die dunkelrote Blüte in der kleinen Glasvase auf dem Kaffeetisch gestanden, und sie hatten es sich gemütlich gemacht.

Die alte Frau seufzte. War das alles zehn – oder hundert Jahre her? Vorm Fenster stand das Alpenveilchen in schönster Blüte – sein Geschenk, vom letzten Jahr. Wie er vor ihrem Bett gestanden hatte, lang und schlaksig, mit der Blume in der Hand:

"Da, Mutter. Und ich gratuliere auch."

Da war's ihr zum ersten Male aufgefallen, wie groß ihr kleiner Junge plötzlich geworden war.

Noch einmal seufzte sie. Dann stand sie auf, räumte ein wenig im Zimmer umher, setzte sich ans Fenster. Sie wartete. Aber der Postbote war längst vorbei. Trotzdem schob sie immer wieder die Gardine zur Seite.

Als dann ein Wagen vor der Haustür hielt, klopfte ihr das Herz. Sie war ganz sicher: Das kann nur der Junge sein! Er hat jemanden gefunden, der ihn mitgenommen hat! Er hat es doch nicht vergessen – er hat mich doch nicht vergessen!

Rasch schob sie die Gardine zurecht und ging vom Fenster weg. Nein, er sollte doch nicht sehen, wie sehr sie gewartet hatte!

Aber als es dann läutete, als sie mit zitternden Händen die Tür aufschloß, stand ein fremder junger Mann im Flur.

"Bitte, sind Sie Frau Bernbach? Ich soll das hier für Sie abgeben."

Die alte Frau war ganz verstört: "Von wem bitte?"

"Ich komme vom Blumengeschäft Bielert. Da ist von außerhalb ein Auftrag gekommen, das hier an Sie auszuliefern. Sicher liegt eine Karte bei."

Blumen – Alpenveilchen! Er hatte es nicht vergessen, er hatte sie nicht vergessen! "Oh, danke, vielen Dank" – der junge Mann verabschiedete sich – sie stand mitten im Zimmer, und die hellen Tränen liefen ihr übers Gesicht. "Der liebe, liebe Junge", flüsterte sie vor sich hin. Vorsichtig wickelte sie das Seidenpapier los und ihre Hände zitterten noch mehr. Eine einzige, wunderschöne, kostbare Blüte – aber so fremd, so fremd! Wie eingesargt in ihrer Kunststoffhülle. Die alte Frau löste das Seidenband. Behutsam hob sie die hellblaue Orchidee aus ihrem durchsichtigen Bett.

"Freust Du dich nicht, Mutter?", hörte sie den Jungen fragen, wie damals. Und sie nahm sich zusammen: "Ich freue mich sehr, mein Junge, sehr..."

Und sie suchte die kleine Glasvase von damals wieder hervor für das hellblaue Blumenwunder auf dem Tisch.

Die schmale, weiße Grußkarte hatte sie daneben gelegt. Darauf stand: "Von Deinem Jungen."

Sie lächelte vor sich hin: "Von Deinem Jungen."

Das war ihr genug.

Dank eines Alten

Dank denen, die Verständnis zeigen für meinen stolpernden Fuß
und meine lahmende Hand.
Dank denen, die begreifen, daß mein Ohr sich anstrengen muß,
um alles aufzunehmen, was man zu mir spricht.
Dank denen, die zu wissen scheinen, daß meine Augen trübe
und meine Gedanken träge geworden sind.
Dank denen, die mit freundlichem Lächeln verweilen,
um ein wenig mit mir zu plaudern.
Dank denen, die niemals sagen: "Diese Geschichte haben Sie
mir heute schon zweimal erzählt."
Dank denen, die es verstehen, Erinnerungen an frühere Zeiten
in mir wach zu rufen.
Dank denen, die mich erfahren lassen, daß ich geliebt,
geachtet und nicht allein gelassen bin.
Dank denen, die in ihrer Güte die Tage erleichtern,
die mir noch bleiben auf dem Wege in die Ewigkeit.

Ein leerer Stuhl

Die Mutter trennte eine durchlöcherte Spitze von Jochens Socke. Aber Stuhl, Nähzeug und Tischlampe hatte sie sich dazu ans Fenster geholt. So brauchte sie den leeren Stuhl am Tisch nicht zu sehen. Jochens Stuhl. Seit sechs Wochen stand er abends leer. Denn Jochen ging aus, ihr einziges Kind, alles, was von ihren Wünschen und Erwartungen an das Leben übriggeblieben war. Für den sie dreiundzwanzig Jahre lang gearbeitet und verzichtet hatte.

Sie zupfte mit Sorgfalt die durchschnittenen Fäden aus den Maschen. Und alles um dieses Mädchen. Das hatte nichts für ihn gearbeitet, keinen Handschlag. Es kam, tat schön und nahm ihn ihr weg. Hatte sie, die Mutter, das verdient? Sie suchte die passenden Stricknadeln aus dem Nähkasten. Dreiundzwanzig Jahre des gemeinsamen Lebens sollten einfach ausgestrichen werden. Hätte er ihr nicht wenigstens noch drei oder vier gönnen können?

Als sie gerade eine Nadel voll Maschen aufgepickt hatte, hörte sie ihn die Haustür aufschließen. Halb zehn erst, und er kam schon? Sie warf das Strickzeug in den Kasten, als er eintrat. "Willst du noch Brot?" fragte sie.

"Nein." Er ließ sich auf seinen Stuhl am Tisch fallen und schwieg, den Kopf zwischen den Fäusten "Es ist aus", sagte er dann. "Damit du es nur weißt."

Sie mußte ganz tief Luft holen. Aus. Das Mädchen war weg aus ihrem Leben. Es sollte alles wieder gut werden. "Hm", sagte sie. "Na ja. Das ist wohl richtig."

"Wir haben uns gestritten", brach es aus ihm heraus, "ganz gemein gestritten. Um eine schäbige Kleinigkeit. Ob es – ob es letzte Woche Dienstag oder Mittwoch gewesen ist, wo wir Wilhelm getroffen haben. Aber sie wollte nicht nachgeben. Und zuletzt, ja zuletzt wurde sie grob. Daß ich immer Recht behalten will und nicht mal einen Fehler zugeben kann, und sowas könnte nicht gutgehen. Und ob ich endlich einsehe, daß es Mittwoch gewesen ist. Und es müßte aus sein, weil es doch immer zwischen uns Streit geben würde. Und das könnte sie nicht aushalten. Und dann wäre ich sowieso kein Mann, mit dem man leben könnte. Und all solche Gemeinheiten!"

Die Mutter stand auf und ging zu ihm hin. O, er sollte es nicht bereuen. Sie wollte ihm schon helfen, schnell darüber wegzukommen. Bald würde alles wieder wie früher sein. Sie streckte die Hand nach ihm aus. Da hob er den Kopf, und sie sah sein Gesicht. Es war alt und wie zerstört. Erstarrt in Traurigkeit ... So hatte sie ihn nie gesehen, in all den Jahren nicht. Da mußte eine Tiefe in ihm getroffen sein, die niemals vorher berührt worden war.

Sie wandte sich und starrte aus dem Fenster. Lange. Dann sagte sie rauh: "Du bist ein Dickkopf. Ein ganz elender Dickkopf. Als wenn ich dir das nicht schon immer gesagt hätte. Und es wird Zeit, daß du zu Verstand kommst. Du mit deinen dreiundzwanzig Jahren!"

In seine Züge kam Bewegung. "Nun fang' du auch noch an", ballerte er los. "Ich hab' gerade Krach genug gehabt."

"Geh hin zu dem Mädchen und bring' die Sache in Ordnung. Um so einen Quark geht man nicht auseinander. Du magst sie doch?"

"Laß mich zufrieden", wehrte er sich, jetzt mit unsicherer Stimme. "Was steckst du dich dazwischen?"

“Steh auf und geh hin, sofort!”, sagte sie, so scharf wie früher, wenn sie Gehorsam forderte.

Da stand er auf und ging langsam hinaus. Eine Sekunde konnte ihr Blick noch sein Gesicht erwischen. Es war wie erlöst.

Lange stand sie reglos. Dann schlurfte sie zum Fenster und holte Nähzeug und Lampe. Sie stellte beides auf den alten Platz am Tisch. Und dann setzte sie sich still nieder, seinem leeren Stuhl gegenüber.

Großmutters Geheimnis

Die Familie, von der hier erzählt werden soll, lebte in einer kleineren Stadt in Süddeutschland; das heißt, später, als die Kinder erwachsen waren und selbst wieder Kinder hatten, verteilten sie sich übers ganze Land. Es ging in dieser Familie so normal zu, daß man sich das heute kaum mehr vorstellen kann. Trotz sehr verschiedener Temperamente der Ehepartner gab es keine größeren Streitigkeiten; die sechs Kinder, die ihnen nach und nach geschenkt wurden, wuchsen gesund auf. Sie brauchten weder Nachhilfestunden noch psychotherapeutische Behandlungen, weil die Eltern sich Zeit für sie nahmen und die Geschwister sich gegenseitig abschliffen und einander erzogen, ohne es zu wissen. Man hätte auch kaum das Geld dafür aufbringen können. Auch als die Familie durch Schwiegersöhne und Schwiegertöchter sehr verschiedener Art sich erweiterte, passierte nichts, was des Erzählens wert wäre, weil Eltern und Geschwister es gelernt hatten und es täglich übten, einander anzunehmen. Das Geld spielte in dieser Familie keine beherrschende Rolle, weil es immer gerade ausreichte für das, was unbedingt gebraucht wurde, auch später, als in den sechs Kinderhäusern allmählich die Enkel heranwuchsen. Zuletzt waren es sechsundzwanzig.

Der Großvater besuchte sie alle treulich. Seiner Frau lag das nicht so. Aber sie war durch ihre regelmäßigen Briefe und Postkarten die gewissenhafte Vermittlerin für alles, was die Kinder voneinander wissen mußten oder was sie an Kleidungsstücken untereinander austauschen konnten; denn es waren damals schwere Zeiten. Zudem vergaß sie keinen der vielen Geburtstage und bedachte jedes Kind und Enkelkind immer mit einer kleinen Freude.

Als ihr Mann starb, zog sie in ein Stübchen oben im Haus der ältesten Tochter und half dort noch mit, soviel sie konnte, obwohl die heranwachsenden Enkel ihr manches verwunderte Kopfschütteln abnötigten. Aber auch das ist ja normal und war schon immer so.

Ich habe sie noch gekannt, die weißhaarige, gebückte Frau mit den von vieler Arbeit hartgewordenen Händen, dem schmalen Mund, der das Schweigen gelernt hatte und den großen gütigen Augen.

Sie hatte ihr Leben lang sparen müssen und es auch gerne getan, damit jedes Kind eine gute Ausbildung bekam und darüber hinaus immer noch etwas übrig blieb, um anderen Freude zu machen oder ein Liebeswerk zu unterstützen.

Nun bekam sie ihre Pension und sparte gewohnheitsmäßig weiter, obwohl das in der Welt um sie her gar nicht mehr Mode war. In ihren Kinderhäusern mußte man freilich – wenn nicht mit dem Pfennig –, so doch mit dem Markstück rechnen und auf manches verzichten, was andere sich sorglos leisteten. "Aber das schadet euch auch nichts", konnte sie lächelnd sagen. "Es ist ja soviel Überflüssiges bei alledem, wozu ihr verlockt werden sollt. Als wir so alt waren ...", aber diesen Satz vollendete sie lieber nicht, denn sie wußte, daß die Enkel ihn nicht gerne hörten.

"Gönne dir doch auch einmal etwas, Mutter", bedrängten die Kinder sie manchmal.

"Willst du nicht eine Kur für dein Rheuma machen oder eine erholsame Reise unternehmen? Willst du dir nicht einen bequemen Sessel leisten oder ein Fernsehgerät? Du hast ja das Geld dazu. Wir spekulieren doch nicht darauf."

Sie ließ sich das sagen, als ob sie gar nicht hinhörte, aber manchmal spielte dann ein geheimnisvolles Lächeln um ihren Mund, das die Kinder sich nicht zu deuten wußten. Jedenfalls sparte sie weiter.

Und dann kam, kurz vor ihrem neunzigsten Geburtstag, der Tag, an dem etwas ganz anderes geschah, als es unter solchen Umständen normal ist. An diesem Tag brachte der Postbote in alle sechs Kinderhäuser den gleichen Brief, von der Tochter getippt, von der Großmutter mit zittriger Hand unterschrieben.

"Liebe Kinder, ich möchte euch ein etwas verfrühtes Geschenk zu meinem Geburtstag machen, weil ich nicht weiß, ob ich dann noch leben werde. Es reicht jetzt dazu, daß jede von euch sechs Familien tausend Mark bekommt. Macht etwas Gescheites damit, was ihr auch sonst nicht leisten konntet. In Liebe Eure Ahne."

War das eine Überraschung und Aufregung, ein Überlegen und Plänemachen. Auch die älteren Enkelkinder wurden zur Beratung zugezogen. Die Vorschläge gingen von endlich bezahlbaren Rechnungen über neue Vorhänge und eine Waschmaschine bis zu einer guten Geige und einer Familienurlaubsfahrt. Was dann schließlich den Vorrang bekam, braucht hier nicht einzeln aufgeführt zu werden. Jedenfalls kamen jubelnde Dankbriefe in dem Altenstübchen an, und es war kein Projekt dabei, das die Großmutter nicht gutheißen konnte. Einer der Söhne brachte den allgemeinen Dank in Reime – das war so seine Art – an denen sie sich herzlich freute.

Damit das Erbe nicht verderbe,
gibt es die Mutter schon beizeit,
und daß sie sähe in der Nähe,
wie es die Erben alle freut.

Nun strahlt in neuem Glanz die Stube,
nun kleidet neu sich Maid und Bube,

nun kann der Philologe morgen
getrost studieren frei von Sorgen.

Die Zahnarztrechnung ist bezahlt,
der Schild der Ehre wieder strahlt,
und einer kauft mit froher Miene
die langersehnte Waschmaschine.

So sind wir alle hocherfreut
für dieses Erbe vor der Zeit
und danken dir mit tiefer Bückung
und ausgesprochener Entzückung.

Das Schönste aber ist doch das:
Dies Erbe macht kein Auge naß!
Sonst pflegt mit feuchten Augen, Wangen
das Erbe, ach, man zu empfangen.

Heut aber kommt's von warmer Hand.
Die Mutter hat es selbst gesandt!
Möcht Gott dich uns noch lang erhalten,
uns allen, Jungen und den Alten.

Begleiter auf dem Wege

Herr, zeige mir meine Türe,
nimm meine Hand;
Tu auf,
Zeige mir den Weg,
Den Weg der Freude und des Lichts

MICHEL QUOIST

Herr, ich habe Zeit

So laufen die Menschen alle hinter der Zeit her, o Herr;
Sie gehen laufend über die Erde,
eilig,
herumgestoßen,
überladen,
mürrisch,
überlastet,
Und sie kommen nie ans Ziel, es fehlt ihnen an Zeit,
Trotz all ihrer Anstrengungen fehlt es ihnen an Zeit,
Es fehlt ihnen sogar sehr an Zeit.
Herr, Du mußt Dich getäuscht haben in den Berechnungen.
Es muß ein Grundfehler darin sein;
Die Stunden sind zu kurz,
Die Tage sind zu kurz,
Die Lebenszeiten sind zu kurz.

Du, der Du außerhalb der Zeit stehst, Du lächelst, Herr, wenn Du siehst, wie wir uns mit ihr herumschlagen,
Und Du weißt, was Du tust.
Du täuschst Dich nicht, wenn Du den Menschen die Zeiten zuteilst,
Du gibst jedem die Zeit zu tun, was Du willst, daß er tun soll.
Aber man darf keine Zeit verlieren,
keine Zeit vergeuden,
die Zeit nicht totschlagen;
Denn die Zeit ist ein Geschenk, das Du uns machst,
Aber ein vergängliches Geschenk,
Ein Geschenk, das sich nicht aufbewahren läßt.

Herr, ich habe Zeit,
Ich habe meine Zeit für mich,
Alle Zeit, die Du mir gibst,
Die Jahre meines Lebens,
Die Tage meiner Jahre,
Die Stunden meiner Tage,
Sie gehören alle mir.
An mir ist es, sie zu füllen, ruhig und gelassen,
Aber sie ganz zu füllen, bis zum Rande,
Um sie Dir darzubringen, damit Du aus ihrem schalen Wasser einen edlen Wein machst, wie Du es einst tatest, zu Kana, für die Hochzeit der Menschen.

Herr, ich bitte Dich heute abend nicht um die Zeit, dieses und dann noch jenes zu tun,
Ich bitte Dich um die Gnade, in der Zeit, die Du mir gibst, gewissenhaft das zu tun, was Du willst, daß ich tun soll.

Der Sinn des Alterns

Niemand will heutzutage altern. Kein Wunder: unsere Zeit gehört dem jungen Menschen. Noch vor einem Jahrzehnt war der Ältere der Bevorzugte, denn er war erfahren in Leben und Arbeit, er war zuverlässig und besonnen. Heute holt man in jene Führungspositionen, die früher dem gesetzten Alter vorbehalten waren, auffallend junge Menschen, nicht nur in Industrie und Politik, sondern auch an Universitäten; selbst die schwerfälligste, konservativste aller Institutionen, der Vatikan, ersetzt Zug um Zug die alten Kardinäle durch jüngere. Warum? Weil wir in einer Zeit der unerhört beschleunigten Entwicklung leben und weil diese Entwicklung Menschen fordert, die keine Angst haben vor noch so überstürzten und radikalen Neuerungen, die keine noch so phantastische Idee für unrealisierbar halten, die blitzschnell auf neue Impulse reagieren.

Die "großen Alten", die ehrwürdigen Greise sind außer Mode; die kühnen jungen Evolutionäre sind *der* Typ unserer Zeit. In wenigen Jahrzehnten wird die Welt ohnehin den Jungen gehören, da infolge der Bevölkerungsexplosion und des Geburtenüberschusses (sogar trotz der "Pille") zwei Drittel oder auch drei Viertel aller Menschen Jugendliche unter 25 Jahren sein werden. Den Stil der Zeit prägt heute schon vorwiegend die Jugend. Sie wird es noch deutlicher und rücksichtsloser tun.

Viele von uns würden ganz gern, wie der Doktor Faust, dem Teufel ihre Seele verschreiben, könnten sie dadurch unsterbliche

Jugend für sich einhandeln, um mit nie vermindertem Schwung, mit nie schwindender Potenz ewig dabei und vorne dran sein zu können.

Vergeblich. Ob das Alter mit 60 oder erst mit 80 Jahren kommt: es kommt. Man kann die Glatze mit einer Perücke bedecken und die ausgefallenen Zähne durch falsche ersetzen, man kann die sexuelle Potenz durch Hormonspritzen immer wieder wecken, gewiß: aber der Bauch und die Arthritis kommen und bleiben, und die Vergeßlichkeit kommt, die Schwerhörigkeit, das Nachlassen der geistigen Spannkraft, das Aufhören des Appetits aufs Leben.

Was dann?

Wenn eine Schauspielerin, die bisher die Rolle der jugendlichen Heldin oder der Liebhaberin spielte, eines Tages in einer Kritik liest, daß sie zu alt sei für dieses Fach, dann ist das zunächst ein Schock. Aber verläßt sie deshalb das Theater? Nein. Sie wechselt das Rollenfach. Sie spielt in Goethes "Faust" nicht mehr das Gretchen, sondern die Frau Marthe Schwerdtlein, und sie wird nicht weniger Erfüllung und Erfolg finden. Entscheidend ist, daß sie den Mut aufbringt, in den Spiegel zu schauen, die Wahrheit zu sehen und den Sprung ins Altersfach zu tun.

Heute sieht es so aus, als sei Leben schlechthin identisch mit Jungsein und als seien die späteren Jahre die unvermeidlichen, armseligen Anhängsel ans eigentliche Leben. Das ist ganz und gar nicht so.

Das Leben des Menschen ist eine Abfolge von Epochen, die zwar nicht scharf getrennt sind, von denen aber doch jede ihre eigenen Gesetze, ihren eigenen Stil und ihren eigenen Wert hat, der keineswegs nur relativ ist zu dem der Jugend. Wer eine dieser Epochen nicht leben, sondern in der vorhergehenden verbleiben will, bringt sich selbst um die Erfüllung seines Daseins. Es gibt junge Leute, die nie erwachsen sein wollen, nie die seelische Nabelschnur zur Mutter durchtrennen, nie der väterlichen Autorität entrinnen, nie die Nestwärme verlassen wollen. Ihnen erscheint die Kindheit als die einzig schöne Zeit des Lebens, und die wollen sie verewigen. Die Folge dieses Hängens ist jener Persönlichkeitsdefekt, den man Infantilität nennt. Diese Leute werden nie reif, nie selbständig, nie frei. Es sind die Stehengebliebenen, die Zurückbleiber. Jedes krampfhafte Haltenwollen einer Epoche führt in die Neurose.

Wer nicht altern will, wenn es Zeit dazu ist, der versäumt ebenso seine Entwicklung. Wer den Sinn des Alterns nicht begreift, hat den Sinn des Lebens überhaupt nicht begriffen. Und was ist der Sinn des Alterns?

Ich möchte nicht sagen, es sei die Vorbereitung auf den Tod, denn darin unterscheidet sich dieser Teil des Lebens nicht von den früheren; alle Epochen eines Menschenlebens zielen auf jene endgültige Erfüllung, die wir, nicht anders als die Todesschwelle überschreitend, erfahren werden.

Was also ist der Sinn dieses so gar nicht leichten Prozesses? Ich meine so: die mittlere Periode des Lebens gehört der Leistung, dem mehr oder minder deutlichen Konkurrenzkampf auf allen Gebieten, dem beruflichen, gesellschaftlichen, erotischen. Der Akzent liegt auf dem Außen. Älterwerden bedeutet: den Weg nach innen gehen.

Jetzt wird anderes wichtig: jetzt soll der Geist zu seinem Recht kommen. Wer es nicht mehr nötig hat, eine Position zu erringen, kann alle jene Eigenschaften ablegen, die bis dahin nötig waren oder eben sich einstellten: Ehrgeiz, eine gewisse Rücksichtslosigkeit und Gerissenheit, auch Mißtrauen, Neid, Überanspannung, Einseitigkeit, Intoleranz. Im Altern kann man es sich leisten, gelassen und großmütig zu werden und all die hastige Betriebsamkeit und das Überwichtignehmen der gesellschaftlichen Stellung und des Erfolges als Kinderkrankheiten oder pubertäre Kompensation des Gefühls der Unreife abzulegen. Jetzt ist die Zeit für die weiträumige Menschlichkeit, für die gelassen selbstlose Liebe.

Daß die körperlichen Kräfte, die Leidenschaften, die aus dem

Sexus stammende Unruhe, der allzu lebhafte Drang sich durchzusetzen, kurzum: daß die Vitalität nachläßt, das ist, bei Licht besehen, kein Verlust mehr, sondern die große Hilfe auf dem Weg zur Geistwerdung, zu einer neuen Jugend. Ich meine, daß das Wesen der Jugend darin besteht, daß man nicht festgefahren ist, nicht abgeschlossen, sondern nach vorne weit offen, erwartungsvoll, hoffnungsvoll, bereit, sich zu wandeln. Auf solche Weise jung sein kann der Mensch in allen Lebensperioden. Der alternde Mensch kann, wie der junge, immerfort auf der Schwelle stehen und sehnsüchtig schauen, was da kommt. Es kommt immer etwas für den, der dafür offen ist. Für den alternden und den alten Menschen kommt, wenn er recht gelebt hat, sehr vieles: es kommt immer noch Lieben und Geliebtwerden, es kommt innere Freiheit, und es kommt, nach und nach, die letzte große befreiende Wandlung.

Stufen

Wie jede Blüte welkt und jede Jugend
dem Alter weicht, blüht jede Lebensstufe,
blüht jede Weisheit auch und jede Tugend
zu ihrer Zeit und darf nicht ewig dauern.
Es muß das Herz bei jedem Lebensrufe
bereit zum Abschied sein und Neubeginne,
um sich in Tapferkeit und ohne Trauern
in andre, neue Bindungen zu geben.
Und jedem Anfang wohnt ein Zauber inne,
der uns beschützt und der uns hilft zu leben.
Wir sollen heiter Raum um Raum durchschreiten,
an keinem wie an einer Heimat hängen,
der Weltgeist will nicht fesseln uns und engen,
er will uns Stuf' um Stufe heben, weiten.
Kaum sind wir heimisch einem Lebenskreise
und traulich eingewohnt, so droht Erschlaffen,
nur wer bereit zu Aufbruch ist und Reise,
mag lähmender Gewöhnung sich entraffen.
Es wird vielleicht auch noch die Todesstunde
uns neuen Räumen jung entgegensenden,
des Lebens Ruf an uns wird niemals enden …
Wohlan denn, Herz, nimm Abschied und gesunde!

Wirf es nicht weg!

Auf dem Bahnhof einer holländischen Stadt stand ein Zug abfahrbereit. Zwei Studenten kamen gerade noch zur rechten Zeit und sprangen in ein Abteil; ein ungewöhnlich großer, älterer Herr, der am Fenster stand, half ihnen dabei und nahm ihre Koffer in Empfang. Schon setzte sich der Zug in Bewegung. Es waren kräftige Jungmänner, und der ältere Herr, der sichtlich ebenfalls noch über beachtliche Körperkräfte verfügte, betrachtete sie mit Wohlgefallen. Sie bedankten sich höflich, beugten sich aus dem Fenster und winkten einer alten Dame, Abschiedsworte flogen zurück. Der Zug fuhr schneller.

Wenige Minuten später befanden sie sich in einer vergnügten Unterhaltung. Es war ihre Wirtin, von der sie sich verabschiedet hatten, und man erfuhr, daß sie eine sehr fürsorgliche Dame sei. Nur etwas zu fromm habe sie immer gesprochen. Und zum Abschied habe sie jedem ein Neues Testament gegeben. Der Jüngere holte das seine schmunzelnd heraus. "Was soll ich damit bloß anfangen?" fragte er. "Wenn meine neuen Kommilitonen das sehen, werden sie denken, ich sei Theologe. Ob ich es aus dem Fenster werfe?"

Das Gesicht des älteren Herrn verdüsterte sich. "Tun Sie das nicht, junger Mann!" sagte er. "Es bringt Ihnen Unglück – glauben Sie mir."

Der Zurechtgewiesene blickte erstaunt, fast etwas verlegen. "Wie meinen Sie das?" fragte er nach einer kleinen Pause. "Es handelt sich doch nur um hundertfünfzig Gramm bedrucktes Papier."

"Es ist nicht einfach bedrucktes Papier", antwortete der Gefragte, "es ist Gottes Wort! Gottes Wort zu verachten, bringt Leid."

Ein langes, etwas peinliches Schweigen folgte. Der Herr hatte merkwürdig eindringlich gesprochen, beide jungen Leute waren errötet.

"Sehen Sie", fing er endlich wieder an, "ich könnte Ihnen die Geschichte eines Mannes erzählen, der es ähnlich machte und um Haaresbreite dabei einen schlimmen Tod gefunden hätte. Ich will damit nicht sagen, daß Gott in jedem Fall sofort eine solche Strafe schickt, aber ich glaube, daß so etwas immer schwere Folgen für den Spötter hat."

Wieder folgte ein kurzes Schweigen. Dann fragte der Ältere wie beiläufig: "Was war das für eine Geschichte, die Sie erwähnten?"

Er war sichtlich interessiert, mehr als er zugeben wollte. "Kannten Sie den Mann?"

Der andere nickte. "Es war ein Seemann", antwortete er, "ein gebürtiger Amsterdamer. Er fuhr damals als Untersteuermann auf einem Frachtschiff an der südamerikanischen Küste entlang. Man kann nicht sagen, daß er verdorben war, er war nur leichtsinnig. Außerdem trank er zuviel. Wenn seine Kameraden über den Glauben spotteten, hielt er kräftig mit.

Als Anlaß der Spötterei diente ihnen oft der Koch des Dampfers. Das war ein Inder, ein baumstarker Mensch mit dem Herzen eines Kindes. Man rief ihn Josef. In seinem Verschlag hinter der Kombüse hing nämlich ein Bild des Vaters Jesu. Wie es hieß, war er in einer Missionsschule erzogen worden, und einer seiner Lehrer hatte ihm das Bild geschenkt. Er war sehr fromm; jeden Landurlaub begann er mit einem Gang zur Kirche. Kein Wunder, daß die Besatzung ihn verlachte. Man trieb es allerdings nie zu weit, denn er kochte besser als ein Chinese.

Eines Tages lag das Schiff in einem westindischen Hafen vor Anker. Es war Nachmittag und die Ladung war gelöscht. Trinkend lag ein Teil der Leute an Deck und sah einem Haifisch zu, der träge das Schiff umschwamm. Haifische waren in jener Zone keine Seltenheit; dieses war ein Hammerhai. Deutlich erkannte man seine groteske Kopfform. Manchmal verschwand er für einige Zeit, dann aber tauchte seine Dreiecksflosse wieder in der Nähe der Bordwand auf. Das brachte den trunkfreudigen Untersteuermann auf einen Gedanken. Hatte er nicht kürzlich von dem Leiter eines Seemannsheims ein Gebetbuch geschenkt bekommen? Natürlich: Er hatte doch wieder einmal seine ganze Heuer vertrunken und anschließend in der Seemannsmission Unterkunft gefunden; am Morgen, nachdem er sich auskuriert, hatte ihm der freundliche Geistliche unter anderem auch dies Buch mitgegeben. Er hatte es angenommen – was sollte er auch anderes tun. Aber nun wollte er den Hai damit füttern. Eilig holte er es herbei.

Die Zechgenossen begrüßten seinen Vorschlag mit Gelächter. Der Schiffszimmermann stiftete sogar ein Stück Speck, das ranzig geworden war, um das Buch daran zu binden. In weitem Bogen flog es samt dem Köder über Bord. Es sank etwas unter, kam aber gleich wieder hoch und schaukelte in der sanften Dünung. Gerade tauchte unweit des Hecks der Hai wieder auf.

Lachend standen die Leute an der Reling und winkten dem Tier. Aber der Raubfisch tat ihnen den Gefallen nicht. Er schwamm langsam näher, umkreiste argwöhnisch den Köder und entfernte sich wieder. Übermütiges Lachen folgte ihm.

"Ei, seht", schrie der erste Maschinist, "er findet die Bibel unverdaulich." Und alle lachten und spotteten.

Auf einmal aber geschah etwas Unvorhergesehenes. Der Untersteuermann, der sich zu weit über das Geländer beugte, verlor plötzlich das Gleichgewicht. Er war ein großer Mensch, außerdem hatte er eine halbe Flasche Rum getrunken. Als er zusammensackte, griff der Zimmermann zwar hastig zu, jedoch er faßte ihn ungeschickt: Wie ein Stein entglitt ihm der Betrunkene und klatschte ins Wasser. Gerade jetzt machte der Hai eine Kehre.

Einen Augenblick herrschte tiefe Stille an Bord, die Lästerungen verstummten. Dann gellte ein Schrei des Entsetzens über das Schiff. Der ins Wasser Gefallene tauchte, jäh ernüchtert, wieder auf und schwamm wie rasend dem Fallreep zu; allein die Bestie hatte ihn bereits entdeckt und folgte ihm. Das Speckstück mit dem Buch hatte sie nicht interessiert, der lebende Mensch jedoch, der wild um sich schlug, schien ihr eine gute Beute. Rauschend sägte ihre Flosse durch die Wellen.

In diesem Augenblick trat der Inder aus der Kombüsentür, die Schreie hatten ihn aufmerksam gemacht. Er sah die verzerrten Gesichter der an der Reling Stehenden und begriff die Situation sofort. Den Hai hatte er bereits seit dem frühen Morgen beobachtet. Mit einem Satz sprang er in die Küche zurück, ergriff ein langes, haarscharfes Fleischmesser, nahm es zwischen die Zähne und rannte zur Reling. Er sah das Gesicht des im Wasser Schwimmenden und die geschmeidig herangleitende Bestie. In der nächsten Sekunde schwang er sich über das Geländer und sprang kopfüber ins Wasser. Es war ein fast eleganter Sprung. Was nun folgte, war das Werk weniger Augenblicke; es spielte sich schneller ab, als man es beschreiben kann, und es war bereits vorüber, bevor die Seeleute es recht begriffen. Der Inder tauchte sofort und verschwand unter der Wasseroberfläche: Wie ein Schatten glitt sein großer, starker Körper auf den Hai zu. Er war nur mit einer Leinenhose bekleidet. Der Hai war nur noch wenige Meter von seinem Opfer entfernt. Schon begann er sich seitwärts zu drehen, sein furchtbares Gebiß wurde sichtbar . . ., da schlug er jäh einen gewaltigen Haken und wirbelte herum, das Wasser neben ihm färbte sich. Ein Schrei wilder Freude brach aus siebzehn Seemannskehlen. Sie sahen es deutlich: Bis ans Heft stak das Schlachtmesser im Hals des Tieres. Wie eine Furie raste der Mordfisch davon. An der

Bordwand aber tauchte der Inder wieder auf; er packte den vor Grauen Erstarrten und schwamm mit ihm dem Fallreep zu. Mit mächtigen Stößen zerteilte er das Wasser. Eine Minute später standen sie auf Deck."

Hier schwieg der Erzähler. Die beiden Zuhörer saßen wie gebannt.

"Großartig!" rief der Ältere begeistert. "Das hatte der Inder sicher schon mehrfach getan. Ich las kürzlich etwas Ähnliches."

"Wohl möglich", gab der Erzähler zu. "Es gibt vereinzelte kühne Leute, die den Hai in seinem Element angreifen. Ich habe zwei von ihnen kennengelernt; einer hatte seinen linken Arm dabei verloren. Unser Inder hatte bereits zwei Kämpfe mit diesen Tieren bestanden, wie wir nachher hörten. Er war unheimlich schnell im Wasser – und stark wie ein Seelöwe."

"Die Matrosen haben ihn nachher wohl tüchtig gefeiert?"

"Das können Sie sich denken", lächelte der Erzähler. "Er war der Held des Tages. Niemand spottete in Zukunft mehr, wenn er in die Kirche ging. Es war eine stumme, aber eindrucksvolle Predigt, die der Koch da in wenigen Sekunden gehalten hatte. Niemand ließ in Zukunft mehr etwas auf ihn kommen."

"Wie hat der Mann das nur fertig gebracht?" fragte der Jüngere. "In der Missionsschule dürfte man wohl kaum das Hauptgewicht auf sportliche Übungen gelegt haben."

"Meine Erfahrung ist, daß ein wirklich religiöser Mensch auch im sonstigen Leben meist Tüchtiges leistet. Eine innere Verbindung mit Gott lähmt nicht die natürlichen Fähigkeiten, sondern hilft mit, sie zu entfalten."

Der Student dachte eine Weile nach. Endlich sagte er: "Sie haben dieses Abenteuer so anschaulich geschildert, daß ich annehmen möchte, Sie waren auch dabei. Haben Sie vielleicht bei der Rettung mitgewirkt?"

"Nein, junger Mann", sagte er langsam und betont. "Ich war derjenige, der über Bord fiel. Und nun werden Sie mir wohl glauben, daß ich befugt war, Sie zu warnen..."

Die Kerze

Ingrid, die junge Lehrerin, machte einen Besuch bei der Großmutter, die sie sehr liebte. Sie war frisch verlobt und brauchte jemanden, dem sie alles erzählen konnte, wovon ihr Herz voll war. Zum Schluß fragte sie nachdenklich: "Großmutter, habt ihr beide euch in eurer langen Ehe immer alles erzählt, was jeden bewegte? Habt ihr euch überhaupt immer etwas zu sagen gehabt?"

"Ach Kind, solche Ehen gibt es wohl gar nicht. Man erlebt nach den ersten Jahren der großen Liebe wohl immer einmal Durststrecken, in denen man meint, man habe einander nichts mehr zu sagen. Die sind gefährlich. Aber wir haben ein wunderbares Mittel entdeckt, um aus einem solchen Schweigezustand wieder herauszukommen; und zwar fanden wir das gerade in der schweren Kriegszeit, wo die Nerven oft bis zum Zerreißen angespannt waren. Da gab es manchmal Meinungsverschiedenheiten, wobei jeder seinen Ärger in sich hineinfraß."

"Solch ein Mittel müßten Erhart und ich auch haben. Kannst du es mir verraten?"

"Wirst du mich altmodische Großmutter auch nicht auslachen?"

"Gewiß nicht. Bei euch war ja vieles ganz anders, aber ich habe doch schon allerlei von dir gelernt."

"Dann bringe mir einmal die grüne Mappe von dort drüben. Ich habe nämlich in den Jahren nach dem Krieg, um etwas zu verdienen, kleine Geschichten für die Zeitung geschrieben, die meist selbst erlebt waren. Willst du mir die von der Kerze einmal vorlesen? Sieh, da ist sie."

Und Ingrid las:

Es war in der Zeit der großen Kohlenknappheit, in der man nie wußte, wie lange man sich an Strom und Gas erfreuen durfte, an einem trüben späten Novemberabend. Mann und Frau saßen miteinander in der Wohnstube, er hinter einem Berg von Akten, sie beschäftigt mit allen möglichen notwendigen Dingen. Da versagte plötzlich das Licht und beide befanden sich im Dunkeln, so daß sie ungewollt zur Ruhe gezwungen wurden. Er setzte sich in die eine Sofaecke, seine Frau in die andere, und so warteten sie. Die Dunkelheit im Zimmer war so dicht, daß man glaubte, sie zerschneiden zu können. Es war sozusagen stoffgewordene Dunkelheit, nicht nur das Fehlen von Licht, und sie legte sich auf die Lungen und machte das Atmen schwer.

Auch das Hören, so schien es. Karl lauschte in diese Dunkelheit hinein, aber er hörte Maria nicht atmen. Es kam ihm vor, als säße er ganz allein im Zimmer oder als wäre sie gestorben. Als wäre sie in diesem Augenblick gestorben!

"Ich möchte wissen, was in ihr vorgeht", dachte der Mann. "Mehr als zehn Jahre sind wir schon verheiratet, und ich hätte ihr noch viel zu sagen. Soviel, was man sonst, wenn alles so klar, so scharf im Licht steht, nicht sagen kann. Aber im Dunkeln..., im Dunkeln kann man es erst recht nicht sagen."

"Zehn Jahre", dachte Maria, "zehn Jahre sind wir erst verheiratet. Aber wenn ein solcher Augenblick kommt, der uns unsere Arbeit, all diese täglich immer aufs neue an uns herandrängende Arbeit, aus der Hand nimmt, wenn wir wirklich einmal Zeit hätten, uns über dies und jenes gründlich auszusprechen, dann hat er mir, dann haben wir uns nichts mehr zu sagen, und das ist schlimm."

Karl starrte in die Dunkelheit, die nichts war als formlose, gehaltlose Schwärze, und grübelte zornig: "Es ist gerade so dunkel um uns herum wie die Zeit, in der wir leben müssen."

"Es ist dunkel wie die Zeit", dachte auch die Frau, "aber dieses Dunkel wird ja zu Ende gehen", einmal wird der Strom wieder eingeschaltet werden. Und das zu wissen, ist ein Trost. Es läßt hoffen, daß auch diese dunkle Zeit einmal zu Ende gehen wird. Ja, vielleicht geschieht es, daß es wieder einmal ganz hell wird auf dieser Welt. Man muß nur warten können. Und man muß Geduld haben. Und natürlich auch Glauben ..., den besonders. Oder ... ja, man müßte wohl selber etwas dazu tun, daß es wieder heller auf dieser Welt wird, jeder an seiner Stelle."

Und leise, ganz leise, sagte sie in die Dunkelheit hinein: "Willst Du nicht die Kerze anzünden, Karl?"

"Aber Kind", widersprach der Mann fast zornig. "Wir haben doch nur noch eine halbe Kerze. Und der Winter fängt erst an; wir werden noch oft im Dunkeln sitzen müssen." Ihre Stimme blieb leise und sanft wie vorhin, als sie antwortete:

"Aber die halbe Kerze ..., die langt doch nicht für den ganzen Winter."

"Natürlich nicht!" sagte er ärgerlich, "um so mehr müssen wir versuchen, zu sparen und sie also nur anstecken, wenn wir sie wirklich einmal ganz dringend brauchen."

"Hm ...", sagte Maria nur. Und sie dachte: "Er ist alt geworden. Alte Männer werden sparsam und geizig. Und sie machen sich völlig sinnlose Sorgen um die Zukunft. Das ist nun einmal so. Schade ... schade ..."

"Sie wird niemals vernünftig werden", dachte Karl vergrämt. "Sie ist eine Frau, und Frauen bleiben in gewissem Sinne immer Kinder. So leichtsinnig, so sorglos wie Kinder. Das ist nun einmal so, und man muß sich damit abfinden, daß sie einen nie richtig verstehen. Aber schade ... schade ..." In diesem Augenblick flammte die Glühbirne wieder auf. Zögernd erst, aber allmählich wurde es heller.

"Na also", sagte der Mann triumphierend. "Nun haben wir

die Kerze gespart..." – "Ja", nickte Maria versonnen. "Die haben wir nun gespart."

Er stand auf, streckte sich ein wenig und ging ein paar Schritte im Zimmer auf und ab. "Weißt du", sagte er plötzlich, "aber sehr hell brennt die Lampe nicht, findest du nicht auch?" Und ohne ihre Antwort abzuwarten, nahm er den schmiedeeisernen Leuchter vomBücherbord, steckte die Kerze – die halbe Kerze, über die er noch verfügte, an und knipste das Licht aus.

Sie musterte ihn erstaunt. Er errötete jungenhaft. "Es ist so schön, einmal beim Kerzenschein zusammenzusitzen", entschuldigte er sich, "wo wir doch vorher so tapfer gespart haben."

"Ach", dachte sie und lächelte glücklich. "Er ist ja noch gar nicht so alt. Was habe ich vorhin bloß für dumme Gedanken gehabt."

Und dann rückte sie nahe an ihn heran und legte ihre Hand in die seine:

"Liebster Mann, ich muß dir etwas beichten; ich wollte es dir schon länger sagen. Wir hatten nämlich noch eine Kerze, aber die habe ich meiner Bekannten, der Witwe geschenkt, die draußen in der Baracke wohnt. Bitte sei mir nicht böse deswegen."

Etwas verdutzt antwortete er: "So, hm, ich dachte ja auch schon, es müßte eigentlich noch eine da sein. Es ist schon besser, wenn du mir so etwas sagst. Ich wollte dir gerade auch etwas erzählen. Ich habe mir nun doch die schöne wertvolle Virginia Briefmarke gekauft. Du wolltest es ja nicht; das hat mich damals so geärgert, daß ich dachte: Nun gerade. Aber jetzt tut es mir fast leid, denn du hast ja doch keine Freude daran."

"Aber Karl, natürlich freue ich mich, – vor allem, daß du mir das sagst. Das ist doch eine halbe Kerze wert. Es ist ja nur eine Kleinigkeit. Aber als meine Uhr neulich versagte, war auch nur ein winziges Sandkorn daran schuld, das ins Getriebe gekommen war."

"Sollen wir das Licht jetzt wieder einschalten."

"Ach Karl, noch ein paar Minuten. Ich habe nämlich noch ein größeres Korn in meinem Getriebe. Es ist wegen unserer Dagmar, die nun bald neun Jahre alt wird. Du hast ihr streng verboten, mit Nachbars Ursel zu spielen, von der ich ja auch nicht begeistert bin. Aber wie soll ich das durchführen? Sie gehen ja zusammen zur Schule. Schon ein paarmal flüsterte sie mir zu: 'Mutter, ich geh noch geschwind zu Ursel, aber ich komme so heim, daß der Vater es nicht merkt.' – Und weg war sie. Ich kann sie doch nicht zu Hause anbinden."

Hier unterbrach sich Ingrid beim Vorlesen: "Diese Dagmar ist meine Mutter, gelt?"

"Freilich, und der Großvater konnte Ursels Familie einfach nicht leiden, die doch jahrelang direkt neben uns wohnte. Da gab es oft Schwierigkeiten."

Ingrid las weiter:

Karl brauste auf: "Immer ergreifst du Dagmars Partei, das bringt mich richtig hoch."

"Aber Liebster, eben hast du mich doch ermutigt, dir alles zu sagen. Ich will doch nur, daß nichts heimlich hinter deinem Rücken geschieht. Sieh nur, wie ängstlich die Kerze flackert, wenn du so aufgeregt sprichst."

"Es ist jetzt auch höchste Zeit für mich, an meine Akten zu gehen, und du hast ja sicher auch noch allerlei zu tun."

"Nein, nun laß uns das Kerzenlicht ausnützen. Ich habe noch mehr auf dem Herzen, was ich dir sagen möchte. Ist das nicht wichtiger für uns beide als alle Arbeit, die man auch noch morgen tun kann?"

"Wenn du wüßtest, wie mich der Kollege ansieht, wenn ich ihm diese Mappen nicht morgen erledigt weitergebe. Der Ärger über diesen pedantischen Kerl steht mir oft bis zum Hals, kann ich dir sagen. Wenn ich bei dir manchmal heftig bin, darfst du es nicht so tragisch nehmen. Irgendwo muß der Mensch sich einmal Luft machen. In der ganzen Abteilung ist niemand, mit dem man sich aussprechen könnte."

"Willst du diesen Kollegen mit seiner Frau nicht einmal zu uns einladen? Vielleicht ließen sich dabei manche Mißverständnisse klären."

"Was für Ideen du hast! Erst gestern gab es wieder Krach zwischen uns. Der kommt bestimmt nicht."

"Du bist doch der Ältere und hast mehr Erfahrung. Und er ist noch nicht lange bei euch. Vielleicht wäre er sehr dankbar für ein ruhiges Gespräch."

"Dazu hat er gestern sogar Recht gehabt, – zum Teil. Das müßte ich ihm eigentlich sagen."

"Wir könnten die beiden doch zum Abendbrot einladen."

"Jetzt in dieser hungrigen Zeit?"

"Das laß meine Sorge sein. Ich werde schon etwas auf den Tisch bringen, wenn es dadurch nur ein wenig leichter für dich wird."

Die Kerze wurde kleiner, das Zimmer immer dunkler. Aber die beiden bemerkten es nicht. Sie hatten noch manches beieinander abzuladen. Als der letzte Funke erlosch, schaltete er das Licht an und meinte erleichtert: "Das war freilich höchste Zeit für unser zehnjähriges Ehejubiläum. Hoffentlich versagt der Strom noch öfter. Ich werde schon noch eine Kerze auftreiben, aber die darfst du nicht wieder verschenken."

"Fein hat du das geschrieben, Großmutter", meinte Ingrid. "Habt ihr solche Gespräche nun auch wirklich weiterhin fertig gebracht? Großvater war doch eigentlich ein ziemlich verschlossener Mann. Mein Erhart ist ein bißchen ähnlich, glaube ich."

"Gerade darum darf das Gespräch zwischen euch nicht abbrechen, Ingrid. Wir beide haben manchmal auch nur still miteinander in das Kerzenlicht geschaut. Aber das war eine fruchtbare Stille, aus der zuletzt doch manches gute und lösende Wort erwuchs. Ich werde euch zur Hochzeit eine große Kerze schenken. Hoffentlich reicht sie nicht zu lange."

Vom Umgang mit jungen Menschen

Es gibt ein Buch, das als "der Knigge" bekannt ist und das viele Leute, die es nicht gelesen haben und nur vom Hörensagen kennen, für eine Sammlung von Anstandsregeln halten, etwa der Art, wer wen wem zuerst vorstellen muß. Tatsächlich aber ist das Buch ein Lehrbuch nicht einfach "guter Sitten", sondern der Sittlichkeit, und es zielt darum nicht so sehr auf äußeres Wohlverhalten als auf die richtige innere Einstellung den Menschen gegenüber. So gibt Freiherr von Knigge, das ist der Verfasser, auch keine besonderen Verhaltensvorschriften für den Umgang mit jungen Menschen, sondern versucht vielmehr, im älteren Menschen das Verständnis für den jungen zu wecken.

"Selten nehmen ältere Leute so billige Rücksicht, daß sie sich in Gedanken an die Stelle jüngerer Personen setzen, die Freuden derselben nicht stören, sondern vielmehr zu befördern und durch Teilnahme lebhafter zu machen. Sie denken nicht an ihre eigenen Jugendjahre zurück. Greise verlangen von Jünglingen dieselbe ruhige, nüchterne, kaltblütige Überlegung, Abwägung des Nützlichen und Nötigen, dieselbe Gesetztheit, die ihnen Jahre, Erfahrung und physische Herabspannung gegeben haben."

So schrieb Freiherr von Knigge 1788. So könnte er heute schreiben. So könnte er vermutlich in jedem Jahrhundert schreiben. Die Situation bleibt sich gleich: die Generationen verstehen sich nicht. Und warum nicht? Weil jede Generation sich von der vorhergehenden unterscheidet und sich bewußt unterscheiden will, ja es als Aufgabe von der Geschichte der Menschheitsentwicklung her gestellt bekam, sich zu unterscheiden.

Daß es dem auf Neues erpichten und darum notwendig gegen das Alte rebellierenden jungen Menschen sehr schwerfällt, ältere zu verstehen, leuchtet ein. Es muß aber dem Älteren gelingen, den Jüngeren zu verstehen.

Vor einigen Jahren, als die Erscheinung der Gammler noch neu war, stand eine Gruppe deutscher Reisender an der Spanischen Treppe in Rom. Auf den Stufen lagerten junge Leute. Sie taten nichts Böses, sie redeten und rauchten Pfeife. Aber sie trugen uralte ausgefranste Blue-jeans, zerschlissene und nicht mehr saubere Pullis, hatten überlange Haare, waren barfuß, hatten in Leinenbeuteln ihr Hab und Gut und demonstrierten wortlos, aber deutlich, daß sie auf die Zivilisation pfiffen und auf alle, die sie machten, schätzten und nützten.

Die Reisegruppe begann alsbald über sie herzufallen. Es sei eine Schande, so herumzulungern; natürlich seien das alles Arbeitsscheue, Asoziale, Sexverseuchte, vermutlich auch Kriminelle. Jemand sagte hämisch: "Wenn die zehn Jahre älter sind, hocken sie nicht mehr hier herum, sondern in Büros wie wir auch; die bleiben nicht ewig jung." Und irgendwer sprach natürlich das Wort von "unserer Zeit, in der das nicht möglich gewesen wäre." Nicht eine einzige wohlwollende Stimme erhob sich; niemand versuchte auch nur zu sagen, das Verhalten dieser jungen Leute müsse doch wohl seinen Grund haben und der könne sehr wohl in einem Defekt der Welt der Erwachsenen liegen.

Warum eigentlich weigern sich die Älteren, Jüngere zu verstehen? Die Gründe sind verschieden und bilden meist ein wirres Knäuel von Motiven.

Da ist einmal das Motiv des Neides, eingestanden oder nicht. Man neidet der Jugend ihre Jugend, das heißt ihre körperliche Kraft und Schönheit, ihre Gesundheit und sexuelle Potenz, ihren Appetit aufs Leben und auf die Liebe und vor allem die Zeit, diese fast unabsehbare Fülle von Jahren zwischen dem Augenblick und dem Tod. Jugend ist: Neugier und Hoffnung. Jugend ist alles, was man nicht mehr besitzt. Um den Mangel ertragen zu können, wertet man ab, was andere besitzen. Jugend ist dann dem mißgünstigen Alter Inbegriff von Dummheit, Leichtsinn, Frechheit, Zuchtlosigkeit.

Ein anderes Motiv ist die Neigung zum Beharren beim Alten. Die Jungen denken, reden, handeln anders, als man es gewohnt ist. Neues ist immer verdächtig. Man mag ihm keine Chance geben. Und warum nicht? Zugeben, daß die Jungen mehr wissen als man selber, daß sie tatsächlich Neues erfinden und denken, daß sie einen Fortschritt bringen, das heißt zugleich eingestehen, daß man selber in vielem überholt ist und daß es an der Zeit wird, den Jungen das Feld zu überlassen. Es heißt sehen, daß man alt wird, und das will heute niemand, weil man sich einbildet, daß Alter nur ein Mangel ist, der Mangel an Jugend, nicht aber auch ein Wert in sich, und daß der Zuwachs an Geist und Reife den Mangel ausgleicht.

Die Ablehnung des Jungen und Neuen ist auch auf das Konto der Trägheit zu setzen. Um das Neue zu verstehen, müßte man sich darum bemühen; man müßte eigene Vorurteile revidieren und umlernen. Es gehört aber zum inneren Altwerden, daß man sich weigert, zu lernen, obgleich man wissen könnte, daß gerade der Wille zum ständigen Lernen das beste Mittel ist, jung zu bleiben.

Ein weiteres Motiv ist das der Angst. Die Älteren fühlen sich durch das Anderssein der Jungen in ihrem eigenen Sosein bedroht. Man fällt hier einem Trugschluß zum Opfer; man denkt, daß, wenn die Jungen recht haben, man selbst nicht recht haben könne. Das Nein der Jungen zur älteren Generation erscheint den Älteren oft als ein absolutes Nein zu ihrer Existenz. Als ob nicht jede Generation auf ihre Weise recht hätte im Weltenplan!

Ein anderes Motiv ist der Ärger darüber, daß die Jungen ihre Kraft mit Nichtigkeiten vertun und die mühsam erworbene Erfahrung der Älteren nicht nutzen wollen, daß sie vielmehr die gute Lebensleistung der Älteren einfach beiseite werfen, ohne doch schon etwas Besseres an deren Stelle setzen zu können.

Wenn es den Älteren aus diesen und andern Gründen noch so schwerfällt, die Jungen zu verstehen, so müssen sie es doch lernen, denn die Generationen bedürfen einander, auch wenn sie es nicht wahrhaben wollen. Man kann, die Anweisungen Knigges ins Moderne übertragend, einige Grundregeln des Verhaltens Älterer im Umgang mit Jungen aufstellen, etwa diese:

Bedenke, daß die Jugend die Aufgabe hat, Neues zu suchen, die Entwicklung vorwärts zu treiben und dabei notgedrungen Altes abzulehnen und gegen Traditionen anzurennen.

Bedenke, daß sie zu dieser Aufgabe nicht Erfahrung mitbringt, dafür aber ungebrochene Kraft, freilich auch Selbstüberschätzung und Unklugheit, und daß sie diese dir mißfälligen Eigenschaften braucht, weil nur der Einseitige unbefangen vorwärtsstürmt.

Betrachte junge Menschen nicht als deine Feinde, sondern als Verbündete, als Mitarbeiter am Werk der Entwicklung der Menschheit.

Versuche dich in junge Menschen hineinzuversetzen, damit du ihre Schwierigkeiten begreifst und helfen kannst. Sage nie zu jungen Leuten im Ton der Überheblichkeit, ihre Ideen seien utopisch und nicht zu realisieren; vergiß nicht, daß schon viele Ideen junger Menschen zu großen und guten Neuerungen führten.

Unterhalte dich oft mit Jungen und höre gut zu, damit du lernst und "die Moderne" in dein eigenes Weltbild einordnen kannst. Dränge dich nicht in die Kreise der Jugend und wolle nicht jung erscheinen; du bist es nicht in ihren Augen, auch wenn du noch nicht alt bist.

Neide der Jugend nicht ihr Jungsein. Hast du vergessen, wie

schwierig es für dich war, jung zu sein? Jugend hat es immer schwer auf irgendeine Art. Du bist ihr gegenüber im Vorteil: du hast deine Mitte, deinen Platz in der Gesellschaft, in der Welt gefunden.

Gib Rat nur dann, wenn dich Junge ausdrücklich darum bitten, aber sei nicht beleidigt, wenn sie ihn nicht annehmen oder so tun, als nähmen sie ihn nicht an. Auch wenn dich die Jungen ablehnen, brauchen sie dich von Zeit zu Zeit wie einen Fels, auf den sie sich retten können oder an dem sie zumindest ihre Kraft messen können.

Wenn dich die Jungen kritisieren, so schätze dich glücklich, sie so weit gebracht zu haben, daß sie selbständig denken können; nimm es als Zeichen, daß sie dich ernst nehmen und sich mit dir auseinandersetzen.

Vergleichen Sie diese Ratschläge mit denen des Freiherrn von Knigge, und Sie werden finden, daß sie sich im Grunde gleichen. Es gibt da nicht viel Neues zu sagen. Um so wichtiger, die alten Ratschläge zu befolgen.

Wenn man nicht schlafen kann

Von dem griechischen Philosophen Diogenes wird erzählt, daß er am hellen Tage mit einer Laterne in der Hand nach "Menschen" suchte – vergeblich! Wenn er heutzutage nach älteren Menschen suchen würde, die keine Schlaftabletten im Nachttisch haben – wäre das wohl ebenso vergeblich. Der während der Berufszeit überbeanspruchte Mensch, der womöglich noch durch eine falsche Ernährungs- und Lebensweise seinen Körper geschädigt hat, sucht bei den kleinen Verführern Hilfe, wenn er nicht einschläft. Verstehen kann man es, wenn Herr Wachter jede Nacht einen "Kampf" um gutes Schlafen führt, obgleich er weiß, daß er um so weniger einschläft, je mehr er den Schlaf herbeizwingen möchte. Weil die Nachtruhe zur Auffrischung der Körperkräfte unbedingt nötig ist, sucht er den Arzt auf, der ihm sagt: "Besser ist es, Sie nehmen ein möglichst mildes Schlafmittel, als daß Sie sich stundenlang von einer Seite zur anderen wälzen."

Herr Wachter weiß um die Gefahr des Abhängigwerdens von den kleinen Dingern – aber was hilft es, schlafen muß er. Weil er sie fast mit schlechtem Gewissen benutzt, studiert er eifrig die Anzeigen neuer Mittel in Illustrierten und Zeitungen, die einen tiefen Schlaf "garantieren". Er macht vor dem Zubettgehen einen Abendspaziergang, liest in einem beruhigenden Buch, hört eine ihm liebgewordene Schallplatte oder er macht Wechselbäder ... Wie Herr Wachter versucht der eine dies, der andere das.

Zu all dem sei an etwas erinnert, was auf dem Markt nicht propagiert wird, was man aber bei den Vätern des Glaubens lernen kann, die noch wenig von Psychologie wußten und doch das "Abschalten-können" verstanden. Der Dichter Philipp Spitta betet:

Nun gib uns Ruhe, die erquickt,
nach der das müde Auge blickt.
Des Wächters Hut und Wachsamkeit,
der Tor' und Riegel Festigkeit,
das Lager, weich und warm und dicht:
das alles gibt die Ruhe nicht.

Hältst du nicht selbst im Herzen auf
der Sorge und Gedanken Lauf,
so fährt er aufgeregt einher
wie ein vom Sturm bewegtes Meer,
und manche Stunde stiller Nacht
wird Ruhe suchend hingebracht.

Drum bring Du unser Herz zur Ruh
und schließ uns bald die Augen zu;
mit deiner Güte decke uns,
zur rechten Zeit erwecke uns.
Dann sei dir unser Dank gebracht
für dein Geschenk, die gute Nacht!

Das Gebet ist gewiß kein "Schlafmittel" und der Umgang mit Gott keine "Seelentechnik", aber das Stillewerden vor Gott ist eine Gabe, die er uns durch die Botschaft der Bibel schenkt. Bei solchem Reden des Herzens mit Gott dürfen wir Sorgen und Kümmernisse, Ängste und Bedrängnisse des Gewissens bei ihm abladen und uns in das Geliebt- und Geborgensein bei ihm versenken. Darin sollten wir uns üben und dabei auch den weisen Gebrauch anderer Mittel uns zeigen lassen.

Im übrigen: Auch schlaflose Stunden können Segen in sich tragen!

Ich hatte neulich mich beinah um Mitternacht
zu Bette zwar gelegt, der Ruhe zu genießen;
allein es wollte mir kein Schlaf die Augen schließen,
so daß ich meist die Nacht mit Wachen zugebracht,
wobei der Husten mich gar müd' und matt gemacht.
Das wollte nachgerad' beinahe mich verdrießen;
als aber meinen Stand ich besser überdacht,
begann ich mit Gebet mein Wachen zu versüßen.
Zuvörderst lobt' ich Gott, – ich dankte für sein Wachen
und bat, daß er mein Herz auch munter wolle machen;
ich legte meine Not zu seinen Füßen hin,
ich fleht' um seinen Geist und Jesu Christi Sinn,
ich übergab mich ihm und sagte: "Du allein!"...
und weiter weiß ich nichts – denn drüber schlief ich ein.

Nikolaus von Zinzendorf

Ein Experiment

"Ich freue mich, daß Sie zu mir kommen, Herr Pfarrer, es ist jetzt so still bei mir. Ich habe nur noch ganz wenige Menschen, mit denen ich ein vernünftiges Gespräch führen kann. Vielleicht kennen Sie das Goethewort:

Was ist herrlicher als Gold? Das Licht.
Was ist erquicklicher als Licht? Das Gespräch."

"Das ist ein gutes Wort. Auf solch ein 'erquickliches' Gespräch mit Ihnen freue ich mich. Womit beschäftigen Sie sich denn gerade?"

"Ich lese eben ein Buch von Ernst Jünger und fand darin einen Satz, über den ich nachdenke, weil auch ich schon Ähnliches erlebt habe. Hören Sie bitte: 'In Lagen, denen gegenüber die Klügsten versagen und die Mutigsten nach einem Ausweg sinnen, sieht man zuweilen einen mit Ruhe das Rechte raten, das Gute tun. Man kann sich darauf verlassen, daß das ein Mann ist, der betet. Daher kann man nur jedem raten, sich diese Stärkung zu verschaffen, in welchem Stande er auch sein.' – In meiner Lage hätte ich solch eine Stärkung nötig, aber wie komme ich dazu? Gott ist mir etwas so Fernes geworden, daß ich mit ihm jetzt nicht einfach so wie mit einem guten Bekannten reden kann."

"Darf ich Ihnen erzählen, wie einst das Gebet für mich selbst wieder zu einer Kraft und einem Wegweiser wurde?"

“Haben Sie als Pfarrer auch schon Schwierigkeiten mit dem Beten gehabt?”

“Freilich, davon bleibt wohl kein Christ verschont. Ich war einmal früher Pfarrverweser in einer sehr schwierigen Großstadtgemeinde, wo es wirklich nichts zu lachen gab, wie man so sagt. Fast jeder Tag brachte irgendeine Enttäuschung, so daß ich ganz verzagt wurde. Da riet mir ein Freund, ein Tagebuch zu führen, in das ich jeden Abend hineinschreiben sollte, was ich an diesem Tag Erfreuliches erlebt hatte. Das war zuerst wenig genug, aber es half mir, weil ich dabei auch für kleine Dinge danken lernte. Und das Danken machte mich froher.”

“Das ist einleuchtend für Ihre Situation; aber in meiner Lage ist es doch noch schwieriger. Ich habe immerhin eine leitende Stellung gehabt, und alles ging nach meinem Willen. Jetzt muß ich warten, bis meine Haushälterin mir das Nötigste bringt, – warten auf meine Tochter, die mich manchmal besuchen kommt – warten auf den Arzt oder auf irgend etwas anderes. Da gibt es nicht viel Freude.”

“Wollen Sie nicht einmal Ihre Zeit dazu benützen, um über die vielen Bewahrungen in Ihrem Leben nachzudenken? Einst haben Sie wohl nur gemeint: ‘Nochmal Glück gehabt’ oder ‘Das hast du gut gemacht’. – Ob das genug ist? Im übrigen können Sie doch alle Tage aufstehen und haben, was Sie zum Leben brauchen. Ist das nicht auch etwas zum Freuen und Danksagen?”

“Mir liegt aber doch nicht mehr viel an meinem leeren Dasein. Warum soll ich mich darüber freuen?”

“Ob Gott Ihnen jetzt vielleicht die Zeit schenken möchte, um manches in Ihrem Leben in Ordnung zu bringen, wozu Sie früher nicht kamen? Ich überlege am Tagesschluß auch die Frage: Was habe ich heute falsch gemacht? Wo habe ich vielleicht andere betrübt oder gekränkt? Da brauche ich mich meist nicht lange zu besinnen, weil mir immer etwas einfällt. Ein Glück, daß sich manches davon wiedergutmachen läßt.”

"Das ist wahr ... Es gibt so manches, was man gerne anders gemacht hätte ..., aber das ist vorbei; man kann es beim besten Willen nicht mehr in Ordnung bringen."

"Noch etwas ist mir dabei aufgegangen: Mit solchen Versäumnissen habe ich nicht nur einem Mitmenschen geschadet, sondern ich war auch ungehorsam gegen Gott. Das ist nun eine merkwürdige Sache in der Bibel, daß Gott mich trotz meinem falschen Handeln nicht abschreibt, sondern mir durch Christus seine Vergebung anbietet. Schon wahr, daß man da recht unangenehme Stunden erlebt, wie es im Psalm 51 beschrieben ist, aber danach auch eine große Befreiung. Das können Sie im 103. Psalm nachlesen."

"Das ist mir alles ganz fremd, aber weil Sie, den ich kenne, es mir sagen, will ich darüber nachdenken."

"Ehe ich gehe, möchte ich Ihnen für den Morgen auch noch eine Frage zum Überlegen geben: Was will wohl Gott heute von mir haben? Da könnte es geschehen, daß Ihnen ganz andere Dinge einfallen als nur solche, die sich um Ihr eigenes Ergehen bewegen. Es gibt so viele andere, die schlimmer daran sind als Sie."

"Meinen Sie wirklich, daß Gott für mich alten, ausgedienten Mann noch etwas zu tun hat?"

"Damit denken Sie schon in der Richtung, die ich meine. Ich glaube, es wird Ihnen dabei nicht anders gehen als mir; ich entdecke immer wieder Aufgaben, deren Lösung Gott offenbar gerade von mir erwartet. Ob Sie es nicht einmal mit dieser Art zu beten und zu horchen versuchen wollen?"

Solange ich noch für euch beten kann …

Das Stübchen, in dem die Großmutter schlief, war früher einmal eine Mädchenkammer gewesen. Darin stand ihr Bett, ein niedriger Schrank aus Nußbaumholz und der Plüschsessel mit Troddeln – nach Ansicht der Enkelkinder vorsintflutliche Möbel. Dabei war ihr Vater noch auf der Sessellehne als Junge herumgeturnt. Nun, er war nicht mehr der Jüngste und hatte erst nach der Rückkehr aus der Gefangenschaft geheiratet. Jung war die Mutter, die hellwach und energisch den Haushalt mit vier Kinder bewältigte.

Die Großmutter hatte bei einem Bombenangriff den Mann verloren und die große Wohnung untervermietet, als nacheinander zwei ihrer Söhne und die Tochter aus der Stadt verzogen, um zu heiraten. Sie wartete auf den Ältesten, damit dieser bei der Heimkehr ein Zuhause hätte. Arno, der im Felde einen Arm eingebüßt hatte, war denn auch überglücklich, die Mutter in der alten Wohnung vorzufinden. Bald fand er eine junge tüchtige Frau und durfte nach der Eheschließung die Wohnung übernehmen, die in kurzer Zeit ein modernes Gesicht bekam; Großmutter hatte sich mit der Kammer begnügt.

Es war gut mit ihr auszukommen. Sie drängte sich niemals mit einem Rat der jungen Schwiegertochter auf, war aber gern bereit, ihr zur Hand zu gehen, wo immer es nötig war. In den Jahren, da die Familie wuchs, war sie unentbehrlich geworden. Vier Enkelkinder konnten sich ein Leben ohne Großmutter überhaupt nicht vorstellen, die vormittags einkaufte, Kartoffeln schälte und Gemüse putzte, mittags beim Abwaschen half, nachmittags das Kinderzeug flickte und nähte und abends die Kleinen zu Bett brachte. Von morgens bis in die Nacht war sie auf den Beinen.

An ihrem 75. Geburtstag aber fiel allen Gästen auf, daß Großmutter in letzter Zeit doch recht klapprig geworden sei. Arnos Frau empfand diese Feststellung, die auch Schwager und Schwägerin machten, beinahe als Kränkung. Sie hatte es doch an nichts fehlen lassen, und sie allein wußte am besten, daß die Schwiegermutter nur noch wenig leistete, sehr vergeßlich war, unheimlich vergeßlich, und manchen Unsinn anstellte. Es kam vor, daß sie Zwiebeln holen sollte und Mohrrüben brachte. Hatte sie die Aufträge aufgeschrieben, verkramte sie den Zettel, und ihre Brille fand sie oft nicht wieder, so daß die Kinder auf Jagd danach gehen mußten. Großmutter wunderte sich über sich selbst, doch vergaß sie trotz bester Absicht immer wieder, das Licht auszuschalten. Und das Bügeleisen durfte ihr nicht mehr anvertraut werden, weil es bereits zweimal durchgebrannt war. Jetzt war es Großmutter, die Aufsicht brauchte, ihre Fahrigkeit brachte die Enkelkinder zum Lachen.

Eines Tages fragte die fünfjährige Ursel die Großmutter, als diese beim Strümpfestopfen war, wann sie denn in die Blumenstraße ziehen werde. In der Blumenstraße wohnte Frau Pieper, und die Großmutter ging jeden zweiten Sonntag auf ein Stündchen dorthin, die ehemalige Hauswartsfrau im Altenheim zu besuchen, weil diese sonst keine Menschenseele hatte, die sich um sie kümmerte.

Die Großmutter, die gerade einen Wollfaden ins Öhr zu bekommen suchte, ließ Faden und Nadel sinken. Sie setzte mit zitternder Hand die Brille ab und wischte sich über die Augen, als wolle sie damit einen unangenehmen Eindruck abtun. Ursel wunderte sich, daß sie keine Antwort erhielt und die Großmutter umständlich nach einem Taschentuch suchte.

“Hast du dich gestochen, Oma?” fragte Ursel. “Tut es sehr weh?”

Ja, es tat sehr weh. So spitz konnte keine Nadel zustechen wie Ursels unschuldige Frage.

Es war also soweit! Die Großmutter war überflüssig geworden, sie war im Wege, nahm Platz weg, denn das Stübchen konnte jetzt sehr gut für die Enkelkinder gebraucht werden. Hätte sie nicht von selber merken müssen, daß die alte Wohnung zu eng geworden war?

Noch am gleichen Tag schlug Arno der Mutter mit sehr behutsamen Worten vor, ob sie nicht zu Frau Pieper ziehen wollte, die sich sehr darüber freuen würde. Die Gelegenheit sei günstig, denn im Zimmer der Heiminsassin sei das zweite Bett gerade vakant geworden. Dort habe sie Ruhe und Pflege, während doch seine Frau bei der großen Kinderschar und trotz aller Liebe wenig Zeit und Aufmerksamkeit für sie erübrigen könne. Natürlich sei der Mutter die Entscheidung überlassen, ob sie ausziehen wolle. Es wäre jedoch gut, wenn der Termin nicht verpaßt würde.

Als später die Großmutter allein in ihrer Kammer im Bett lag, blickte sie, nachdem sie die Nachttischlampe ausgeknipst hatte, lange ins undurchdringliche, auf einmal so merkwürdig tiefe Dunkel. Dann faltete sie die Hände und betete: “Lieber Herr Jesus, ich bin unnütz geworden, bitte, nimm mich zu dir!” Sie wartete eine Weile, ob ihr aus dem Dunkel Antwort kommen werde. Alles blieb still. Aber diese Stille war wundersam feierlich. Ihr war seltsam zumute, denn bisher hatte sie eigentlich immer für andere vor dem Einschlafen gebetet. In ihrem langen Leben hatte es soviel zu beten gegeben, für die Kinder zuerst, dann für den Mann in der gefährlichen Zeit, für Arno an der Front und in der Gefangenschaft. Und nach dem schlimmen Kriege, nach Arnos Heirat hatte sie auch für die Schwiegertochter, wenn diese in den schweren Wochen war, um Gottes Hilfe und Segen gebeten. Von den vier Enkelkindern war eins immer in Nöten gewesen, und bei der kleinen zarten Ursel war die Fürbitte oft besonders notwendig. An sich selbst hatte die Großmutter kaum denken können. Und nun war sie in den Mittelpunkt ihres Gebetes gerückt; ganz recht war ihr das nicht. Aber Jesus würde ihr in ihrer Herzensnot wohl nicht gram sein.

Über diesen Gedanken schlief sie ein.

Die Familie wunderte sich, daß die Großmutter am nächsten Tag so ruhig war und wie immer freundlich allen zulächelte. Sie hatte Arno ihr Einverständnis erklärt, ins Altenheim zu Frau Pieper zu ziehen, je eher desto besser, damit das freie Bett nicht belegt würde. Und so fand der Umzug innerhalb von vierzehn Tagen statt. Großmutters Schrank und ihr Sessel zogen mit um. Es gab keine Tränen, im Gegenteil, die Großmutter half unter manchen Scherzen den Enkelkindern, die ausgeräumte Kammer einzurichten. Und gar so weit war es nicht bis zur Blumenstraße, das Altenheim war ja nicht aus der Welt. Die Kinder sagten, die Großmutter werde sich vor Besuchern gar nicht retten können.

In der ersten Zeit reichte tatsächlich das Zimmer nicht aus, um den Besuch zu fassen. Frau Pieper war rücksichtsvoll und ging in die Halle oder in den Gemeinschaftsraum, sie konnte das Durcheinander der hellen Kinderstimmen nicht ertragen. Sie selbst sprach allerdings allzu gern und reichlich, und die Bettnachbarin war ihr zu einsilbig. Es stimmte: Großmutter saß oft in sich gekehrt mit gefalteten Händen da. Wenn Frau Pieper ärgerlich fragte, woran sie nun wieder denke, gab die Zimmergenossin etwa zur Antwort:

"Ob die Ursel bei diesem Wetter auch die Strickjacke angezogen hat?"

Dann kamen die Kinder seltener, der Reiz der Neuheit, ins Altenheim zu wandern, war vorüber, und alle hatten viel zu tun. Frau Pieper war nicht böse darüber, sie bekam jetzt überhaupt keinen Besuch mehr. Und ein bißchen war sie neidisch gewesen, als die Familie fast sonntäglich die Großmutter besucht hatte. Frau Pieper machte sogar eine spitze Bemerkung, weil wochenlang überhaupt kein Besucher sich sehen ließ und auch keine vertröstende Postkarte kam. Sie sagte was von "altem Eisen" und "unnützer Belastung". Die Großmutter lächelte nur dazu. "Es wird schon seinen Grund haben", dachte sie. Und wirklich: Überraschend und zu ungewöhnlicher Zeit kam die Schwiegertochter mit einem prächtigen Azaleentopf, obwohl der Geburtstag noch lange nicht in Sicht war. Sie erzählte, sie sei sehr krank gewesen, Arno hätte den Haushalt in Schwung halten und die Kinder hätten sich selber behelfen müssen. Wie oft hätten alle in dieser Zeit an die gute Großmutter gedacht! Die Schwiegertochter gestand, sie hätte, wenn ihr manchmal die Geduld zu reißen drohte, das Gesicht der Großmutter vor sich gesehen, und das sei ihr eine Stärkung gewesen. Auf dem Krankenbett habe sie sich gelobt, ihr erster Ausgang werde in die Blumenstraße sein, und da sei sie nun.

"Hast du manchmal auch an uns gedacht, liebe Großmutter?" fragte sie.

Diese sah die Schwiegertochter erstaunt an. "Aber, ich habe doch Zeit, an euch zu denken", erwiderte sie.

"Da wirst du schön ärgerlich auf uns Treulose gewesen sein."

Die alte Frau in ihrem Plüschsessel lächelte nur und antwortete leise: "Ich liebe euch doch alle. Und dann weiß ich auch, daß ich nicht ganz unnütz bin. Damals, ehe ich auszog, habe ich mir gesagt, solange eine Mutter für die Kinder beten könne, sei sie nicht unnütz. Früher sind mir beim Beten manchmal die Augen vor Müdigkeit zugefallen, aber hier habe ich auch am Tage Zeit dazu."

Die Schwiegertochter wandte hastig das Gesicht ab, die Tränen liefen ihr bei diesen Worten über die Wangen, und die Lippen zitterten ihr, so daß sie nicht einmal einen Dank stammeln konnte. Schweigend ergriff sie die Hand der Mutter. Ihr war in den Jahren des engen Beisammenseins nie der Gedanke gekommen, ein Gebet der Großmutter begleite Tag für Tag den

Lebensweg der Familie. Wieviel Not hatte das Gebet abgewendet und wieviel Hilfe hatte es herbeigefleht! Die einfachen Worte, die die Tochter vernommen, ließen das Glück hell erstrahlen, eine solche Mutter noch zu besitzen.

Er wartet auf mich

Wem kommt beim Älterwerden die Jugendzeit nicht in Erinnerung? Erstaunlich, wie vieles wieder lebendig wird! Schon lange ist es her, der Tag, als ich zum ersten Mal zum Abendmahl ging. Wie unheimlich feierlich und innerlich bedrängt war mir da zumute! Als ich dann aus der dunklen Kirche in den hellen Märzensonnenschein herauskam, war mein erstes Gefühl eine unsägliche Erleichterung, daß alles vorbei war, das zweite eine große innere Leere und Betrübnis, daß ich gar nichts weiter erlebt hatte als daß ich eine Hostie und einen Schluck Wein empfing.

Was hatte ich denn eigentlich erwartet? Heute kann ich es nicht mehr genau sagen, aber jedenfalls etwas ganz Großes, Überirdisches! Und das war ausgeblieben.

Ich ging dann jahrelang nicht mehr zum Abendmahl, weil mich nichts dazu trieb und viele Erlebnisse mich bis zum Rand erfüllten. Wenn ich heute, als ältere Frau, an diese unruhige und verworrene Zeit denke, so ist es mir wie ein Wunder, wie gnädig ich da hindurchgeführt worden bin, ohne daß ich nach Gottes Hand griff.

Aber einmal griff er nach mir. Ich hatte dienstlich in einer großen, mir ganz fremden Stadt zu tun und mußte unerwartet das Wochenende über dort bleiben. Und weil ich am Sonntagmorgen nicht recht wußte, was ich tun sollte, ging ich in die kleine evangelische Kirche, deren Glocken bis zum Hotel herübertönten. Von der Predigt weiß ich nichts mehr, als daß sie mich unruhigen und heimatlosen Menschen tief berührte. Am Schluß lud der Pfarrer so herzlich und zuversichtlich zum Abendmahl ein, daß ich, ohne an mein helles Sommerkleid zu denken, mit der kleinen zurückbleibenden Schar zum Altar ging. Damals verließ ich die Kirche mit einer großen heimlichen Freude im Herzen, als wäre ich wirklich bei einem lieben verehrten Gastgeber eingeladen gewesen. Doch bin ich danach nicht öfter zum Abendmahl gegangen, einfach, weil ich keine Lust dazu hatte, obwohl ich an Gott glaubte und manchmal auch betete.

Er hat mich eifrigen Berufsmenschen dann zu meinem größten Staunen einem Mann zugeführt, der aus einem lebendig christlichen Elternhaus stammte und für den solche Dinge wie der regelmäßige Abendmahlsgang kein Problem waren. Da mußte ich nun wohl mitmachen, und er half mir über meine Zweifel mit dem ganz schlichten Hinweis hinweg, daß dies zunächst einfach eine Sache des Gehorsams wäre. Das leuchtete mir ein, denn gehorchen hatte ich in meinem Elternhaus von klein auf gelernt. Und so trat ich jahrelang, zitternd vor Ehrfurcht und völlig durchdrungen von meiner Unbrauchbarkeit, aber gehorsam, jeden Gründonnerstag zum Abendmahl an, wie ein Soldat zum Appell. Die Hoffnung, etwas dabei zu erleben, hatte ich schon lange aufgegeben. Aber ich glaube, daß diese Abendmahlsfeiern doch nicht ganz ungesegnet waren. Es ging in meinem recht holprigen Christendasein danach doch jedesmal alles etwas besser.

Dazu kam mir noch eine neue Erkenntnis. Meines Mannes Beruf führte uns in ein Dorf. Und dort erlebte ich es an Menschen ringsum, mit welchem Ernst und welchem "Insichgehen" viele von ihnen sich jedesmal auf den Abendmahlsgang vorbereiteten. Es gab solche, die den Tag vorher fasteten, die sich ihre Sünden aufschrieben und wirklich im einzelnen dem Pfarrer vorher beichteten, die zu Nachbarn und Verwandten gingen und Abbitte leisteten. Jedes Jahr nahm ich mir vor, es auch so zu machen, wenigstens mit dem Abbitten, und es wurde dadurch manches besser mit mir. Aber es war wie vom Teufel: Immer gerade in den Tagen vorher hatte ich so viel zu tun, daß ich nicht recht zum Besinnen darüber kam, was ich in Ordnung bringen mußte. Und es war mir auch nicht ganz unlieb, auf diese Weise um allerlei unangenehme Kleinigkeiten herumzukommen.

Nach langen Jahren des Wartens und Suchens schickte mir Gott aber wirklich ein Erlebnis. Es war mitten in den schwierigsten Zeiten des Hitler-Reiches. Mein Mann hatte einen Gegner, der ihn so verleumdet hatte, daß monatelang die Angst vor Gefängnis oder Konzentrationslager über uns schwebte. Ich hatte bis dahin noch nie wirklichen Haß verspürt, aber diesen Mann haßte ich in dem Maß wie ich meinen Mann liebte und fand, daß das auch ganz in Ordnung sei.

In diese Zeit fiel gerade das Gründonnerstag-Abendmahl, vor dem ich wieder nicht richtig "in mich gegangen" war, wie es mir treue Menschen im Dorf vorgemacht hatten. Da saßen wir in der vollen Kirche – ziemlich hinten –, die Beichtrede ging über mich hinweg, nun tönten die Einsetzungsworte herüber und die erste Gruppe stand vor dem Altar. Die zweite erhob sich bereits. Da plötzlich ging es wie ein heißer Strom durch mich hindurch – in ihr stand jener Nachbar, der meinem Mann durch seine Lügen das Leben so schwer machte. Der ging zum Abendmahl! Und ich sollte aus dem gleichen Kelch trinken, gleichsam mit ihm am selben Tisch sitzen. Wie schoß der Haß in mir hoch; wie fühlte ich mich gefangen im Gehäuse meines Menschseins. Ich dachte gar nicht daran, wie der andere da vorne es fertig brachte, an den Tisch des Herrn zu treten. Es stand nur unausweichlich deutlich vor mir: So kannst du nicht gehen; du mußt sitzenbleiben und die andern vorbeilassen; du wirst dann ganz verdunkelt und allein mit deinem Haß aus der Kirche hinausgehen. Die nächste Gruppe stand auf, die vierte machte sich bereit. Ich saß mit ineinandergekrampften Händen und das Böse – nein der Böse – hielt mich wie in Klammern.

Da begann es auf einmal aus mir heraus zu beten, so wie ich noch nie gebetet hatte, wirklich aus der Tiefe heraus: "Herr, nimm mir diesen Haß – ich kann's nicht –, ich werde nicht damit fertig." Und wirklich – da glitt er von mir ab wie ein altes Kleid, wie einen das Fieber nach schwerer Krise verläßt. Ich spürte so deutlich wie noch nie, daß da jemand von außen eingegriffen hatte – eine gute, rettende Macht, die stärker war als mein Herz. Die vorletzte Reihe vor mir stand auf, nun die letzte, ich ließ auf dem Platz meinen Mantel liegen und mit ihm gleichsam dieses schreckliche Gewand des Hasses, und ging voller Glück und Dank zum Altar. Nun wußte ich, daß der Herr Christus dort auf mich wartete und daß er mir geholfen hatte, dorthin zu kommen.

Seither bin ich schon oft wieder zum Abendmahl gegangen, ohne daß sich ein solches Wunder begab. Aber ich weiß es nun genau: Christus ist dort und wartet auf mich. Er weiß, wie unvollkommen ich bin, aber er reißt mich heraus aus allem, was mich umfangen hält, wenn nur ein kleines Stück meiner Seele sich zu ihm hinstreckt und nach ihm ruft.

Das große Licht

Das Volk, das im Finstern wandelt,
sieht ein großes Licht, und über denen,
die da wohnen im finstern Lande,
scheint es hell.

JESAJA 9, 1

Jesus Christus spricht:
Ich bin das Licht, das die Welt hell macht.
Wer mir nachfolgt, hat das Licht,
das zum Leben führt,
und wird nicht mehr im Dunkeln tappen.

JOHANNES 8, 12

Einem Scheidenden

Nur nicht bangen, nur nicht zagen,
einer wird den Mantel schlagen
um dich und dir nahe sein.
Seinem Haus- und Ingesinde
schenkt er noch vorm Abendwinde
Brot und Wein.

So gestärkt mit guter Speise
ist die letzte, schwerste Reise
ledig aller Angst und Pein.
Was uns fehlt, hast du gefunden,
was uns kränkt, schon überwunden.
Du bist Sein!

Haben wir nur noch uns selbst?

"Es gibt keinen Gott... Hier sind wir nun. Wir haben nur noch uns selbst und wir müssen irgendwie damit fertig werden." So schreibt der Dramatiker John Osborn in seinem Schauspiel "Der Entertainer", das die Stimmung vieler junger Menschen zum Ausdruck bringt: "Wir glauben nichts mehr! Wir kennen nur noch eine große Verzweiflung, die wir betäuben..."

So denken aber nicht nur junge, sondern auch nicht wenige ältere Menschen. 'Wir haben nur noch uns selbst' – wen haben wir sonst noch? Im Altenheim wohnen etwa 200 Menschen, Menschen wie z. B. Herr Link, der seine Wohnung samt Einrichtung aufgegeben hat und von allem, was er darin hatte, nur weniges mitnehmen konnte. Er ist ein Fremder im Haus trotz der Vielen. Wen hat er noch? Seine Frau ist gestorben, seine Kinder sind auswärts; so ist er allein mit seinen Gedanken, die bald rückwärts gehen zu dem, was einmal war, bald vorwärts zu dem, was kommen kann. Es kommt ihm immer wieder das Bild eines Waldes vor Augen. Einst war er wie ein Baum unter vielen; nun ist der Wald so gelichtet, daß er fast allein dasteht. Unaufhaltsam rückt der Tag näher, da auch sein "Baum" sich zur Seite neigen und fallen wird.

Fast jede Woche wird im Heim ein Zimmer frei, weil der Bewohner für immer ausgezogen ist. Wir müssen damit fertig werden... Wir müssen! In der Zeitung hat er gelesen, daß jährlich etwa 14 000 Menschen in der Bundesrepublik sich das Leben nehmen, freilich nicht nur Alte. Sie alle sind offenbar mit etwas nicht fertig geworden und haben aufgegeben.

Herr Link fängt an zu grübeln: Was kommt, wenn einmal auch sein Zimmer frei wird? Was ist danach? Das Zukünftige liegt wie ein undurchschaubares Dunkel vor ihm. Gibt es darin einen Hoffnungsstern?

Früher hat er in schwierigen Lagen wie viele gedacht: Es geht alles vorüber ... ganz so schlimm wird es nicht ausgehen ... "Er" aber geht nicht nur vorüber, der Sensenmann, und dann wird es schlimm ausgehen. Bei Beerdigungen hat er wohl Worte des Pfarrers gehört von einer Hoffnung und einem neuen Leben, das Jesus Christus verspricht. Damals hat ihn das nicht sehr interessiert – er hatte ja noch weit bis dahin. Jetzt sollte er wissen, ob es danach wirklich etwas gibt, woran man sich halten kann.

Jede Woche kommt ein Pfarrer zum Gottesdienst ins Haus; den könnte er einmal fragen. Beim nächsten Mal sitzt Herr Link mit anderen im kleinen Saal, und danach spricht er den Pfarrer an. Es kostet ihn einige Überwindung, sein Anliegen zu sagen.

"Lesen Sie einmal 1. Korinther 15 langsam durch, einmal und noch einmal", meint der Geistliche, "und in einer Woche besuche ich Sie. Am besten wäre es, Sie schrieben einige Gedanken auf, die Ihnen kommen. Sie haben doch ein Neues Testament? Ich freue mich schon auf den Besuch bei Ihnen." Weg war er.

Herr Link hat eine Aufgabe bekommen, eine ganz ungewohnte. Denn er kennt sich in der Bibel nicht gut aus. Aber er macht sich an seine Lektion, weil seine Fragen ihm keine Ruhe lassen. Zuerst staunt er, daß es offenbar schon früher Menschen, sogar Christen, gegeben hat, die nicht so ohne weiteres an Christus, den Auferstandenen glauben konnten. Daß man ohne ihn ein "armer" Mensch ist, wird ihm jeden Tag deutlicher. Das andere wird ihm aber auch klar: alle Hoffnung des Apostel Paulus hängt an Christus, an seiner Auferstehung. Wenn *er* die Mauer des Todes nicht durchbrochen hat, gibt es offensichtlich keine Hoffnung, die standhält, wenn der letzte Feind kommt. Wie sicher Paulus von der Auferstehung als einer Tatsache redet und sogar Zeugen nennt, die den Auferstandenen gesehen haben!

Schnell ist bei solchem Studium die Woche vergangen; ein ganzes Blatt voll Fragen und Gedanken hat er vollgeschrieben, das er dem Pfarrer gibt, als er ihn besucht. Nach einem raschen Überlesen meint dieser:

"Fein, daß Sie soviel nachgedacht haben. Ist's bei Ihnen aber nicht vielleicht wie bei Faust: 'Die Botschaft hör ich wohl, allein mir fehlt der Glaube'? Eines aber haben Sie offenbar bemerkt, daß Sie sich mit dieser Botschaft beschäftigen müssen."

"Es ist wahr, ohne Hoffnung kann man nicht leben; aber was soll ich hoffen, wenn ich weiß, daß über kurz oder lang es auch bei mir heißen wird: 'Zimmer frei'?"

"Paulus hat diesen Auferstehungsglauben zuerst auch nicht gehabt und seine Vertreter sogar verfolgt. Doch Gott war stärker als die Weisheit des klugen 'Professors' Saulus in Jerusalem und hat ihn durch ein seltsames Erlebnis aus seiner Blindheit herausgeholt. Von da an zog er durch die Länder um das Mittelmeer und bezeugte unter Gefahren und Verfolgungen: Christus lebt!

Ich kann nur das gleiche tun und dankbar sagen, daß mir durch ihn die Tür zu einem neuen Leben und Hoffen aufgegangen ist. Das ist auch eine Chance für Sie. Weil mir andere durch ihre Glaubenserfahrungen weiter geholfen haben z. B. der Architekt und Dichter Rudolf Alexander Schröder, lasse ich Ihnen eine Biographie über ihn da. Einige Seiten darin habe ich besonders angezeichnet."

So hat Herr Link wieder zu tun – eine Woche, zwei Wochen. Das Buch berichtet vom Leben dieses begabten Mannes, das scheinbar zunächst ohne Gott verlief. Es bewegt Herrn Link tief, als er darin einen Brief Schröders an einen Freund aus seiner späteren Zeit findet, in dem es heißt: "Ich muß Ihnen ferner berichten, wie mich Gott ohne mein Zutun, als gerade gegen den Ausgang des vorigen Krieges so viele unter uns ihn endgültig für abhanden gekommen erklärten, dieser Gott, den ich ... für unauffindbar gehalten hatte, mich plötzlich in unmißverständlicher Weise beim Wickel genommen hat ... Mir war das für alles Vernunftbemühen undurchdringliche Geheimnis des persönlichen Gottes und seiner persönlichen Führung und Fürsorge aufgegangen, und zwar nicht an irgend einem drastischen Erleben, sondern ganz in der Stille durch einen Vorgang, für den ich nur das Wort Offenbarung habe."

Ob er je auch eine solche Erfahrung machen und dadurch über seine Zweifel hinwegkommen könnte? Bei seinem Lesen kam er in den nächsten Tagen an eine andere Stelle, wo der Dichter und Gelehrte von seinem Studium der Ostergeschichten erzählt: "Da war etwas in der Bibel, das meinen Blick und mein Verlangen immer wieder anzog. Das waren die Berichte der vier Evangelien von der Auferstehung Jesu Christi. Las ich sie, so wurde mir still ums Herz, und mitten in meiner Weltverlorenheit mußte ich mir sagen, daß es mir völlig unmöglich sei, – wenigstens im Augenblick des Lesens und Hörens –, diesen Erzählungen etwa keinen Glauben zu schenken. Wahr dünkten mich diese Geschichten, wahr freilich in einem Sinn, der weniger den Verstand als das Herz traf; und auf dies Treffen ins Herz haben es ja auch alle Wahrworte, Gleichnisse, Geschichten der frohen Botschaft angelegt. ... So sind gerade diese letzten Berichte der Evangelien zu einem der Fäden geworden, die mich nach Gottes Willen erst fast unmerkbar, dann immer fordernder und kräftiger zurückgeführt haben in die Gemeinschaft derer, die das Osterfest im Aufblick zu ihrem Herrn feiern."

Herr Link dachte: "Wie froh wäre ich in meiner jetzigen Lage, wenn auf diesem Wege auch mir ein Licht aufginge." So machte er sich daran, die vier Berichte über die Auferstehung Jesu in seinem Neuen Testament aufzusuchen. Er las sie langsam und gründlich: Von den verzagten und verängstigten Jüngern, von Petrus, dem Verleugner, und Thomas, dem Zweifler – ihnen allen war der Auferstandene leibhaftig erschienen, hatte sie angeredet und sie von seiner Wirklichkeit so völlig überzeugt, daß sie als neue Menschen mit Freuden die Botschaft des Auferstandenen weitersagten. Die hatten jetzt wirklich nicht mehr "nur noch sich selbst", sondern ihn, ihren Meister.

Auch er spürt jetzt eine Sehnsucht nach dieser Freude: sie könnte seinen Alltag erhellen – und vielleicht sogar aus ihm einen anderen Menschen machen...

Ostern

Jeder der Tage sieht tausendmal
den Weg eines Menschen durchs Todestal.
Wer kündet der furchtbaren Einsamkeit
die Auferstehung zur Herrlichkeit?

Jeder der Tage fragt: Wo und wann
fängt wohl das letzte Wegstück an?
Jede der Nächte klopft Ewigkeit
still an die Pforte der rasenden Zeit.

Mitten im Leben laß Deinen Tod
Frieden mir geben, Frieden mit Gott.
Mitten im Tode Dein Leben erschließ'
mir wie dem Schächer das Paradies.

Ein Mensch entdeckt das Leben

So heißt der Titel eines Buches, das der aus dem Baltenland stammende Bergingenieur Friedrich van der Ropp geschrieben hat. Er schildert darin, wie er durch schwere Krisen hindurch den Weg zu Christus und damit zu einem neuen Leben fand.

Groß und lockend stand das Leben vor ihm. In jungen Jahren schon weilte er als Forschungsreisender in Äthiopien; zeitweilig war er Direktor eines Bergwerks in Westfalen, später dann Leiter von geologischen Expeditionen in Süd- und Zentralafrika. Wie es damals innerlich um ihn stand, erzählt er selbst in seinen Erinnerungen. Er schreibt darüber:

"Um ehrlich zu sein, muß ich vorausschicken, daß ich lange Zeit keine rechte Vorstellung von Christus und erst recht keine Verwendung für ihn gehabt habe. Ich hatte ihn als 'Religion' auf dem Stundenplan der Schule kennen gelernt und hatte darunter die Erzeugung ernster und feierlicher Empfindungen verstanden. Die Konfirmation hat mich einst tief ergriffen. Ich habe auch nach ihr während der Schulzeit sonntäglich die Kirche besucht. In unserem Haus herrschte ernste christliche Gläubigkeit. Und doch habe ich bald nachher Nietzsche, Haeckel und Strauß gelesen. Ich verkehrte mit einem jungen Wissenschaftler, der erfüllt war von den neuesten Errungenschaften der Naturwissenschaft. Fast unbewußt trat das moderne Weltbild an die Stelle meines Christentums. Da ich mich später dem Studium der Geologie zuwandte, wünschte ich in meiner Weltanschauung unbedingt auf dem Boden der Wissenschaft zu bleiben. Ich besinne mich, wie ich mit dem jungen Akademiker stundenlange Gespräche führte und wie es ihm, der etwa zehn Jahre älter war als ich, gelang, gründlich meinen Konfirmationsglauben auszurotten. Nie bin ich Atheist geworden, aber Gott hatte mit mir und meinem Leben direkt gar nichts zu tun. Er hatte scheinbar weder ein Interesse für mich, noch brauchte ich auf ihn irgendwie Rücksicht nehmen. Als ich dann ins Berufsleben hinaustrat, lebte ich, dem eigenen Pflichtgefühl folgend, von einem schönen Idealismus beseelt, der darauf ausging, mutig, anständig und fleißig zu sein, Vermögen zu erwerben, Freunden und Verwandten gegenüber hilfsbereit und zuverlässig zu sein. Wenn ich ehrlich bin, hat meine damalige Religion sich gar nicht mit Gott beschäftigt, sondern nur mit mir selbst. Sie bestand im Glauben an mich selbst und an meine Fähigkeiten, das Leben zu meistern, und das ist so lange gegangen, bis eines Tages die eigene Kraft zu Bruch ging."

Nach einer langen Reise in Zentralafrika geriet van der Ropp in eine innere Krise durch Enttäuschungen an sich selbst und an anderen. Sie brachte ihn bis an den Rand des Selbstmordes. Aber dann kam es zu einer ersten Wendung:

"Ich besinne mich auf eine Osterpredigt in Dresden im Jahre 1914. Es war nach vielen Jahren mein erster Kirchgang, ich wurde bis ins Mark ergriffen. Ein Satz aus der Predigt blieb mir in Erinnerung: 'Leben und anderen zum Leben helfen' – das nahm ich mir nun ernsthaft vor.

Ich hatte während der nun folgenden Kriegsjahre zweifellos ein anderes Verhältnis zu Gott gewonnen als bisher; er wurde jetzt irgendwie eine aktive Kraft. Ich lernte auch beten, besonders unter dem Einfluß meiner Frau. Zu einer klaren Gottesvorstellung bin ich aber damals nicht gekommen, es war alles recht nebelhaft: Eine Allmacht schwebte über der Welt und wollte etwas, was ich nicht verstand; aber ich fühlte mich durchaus mit ihr verbunden. Diese Periode erhielt mit dem Kriegsende 1918 einen furchtbaren Stoß."

Der erste Weltkrieg hatte van der Ropp auf seinem väterlichen Gut im Baltenland überrascht und in allerlei schwierige diplomatische Aufgaben verwickelt. Der furchtbare Zusammenbruch des Deutschen Reiches 1918 brachte ihn um sein Gut und machte allen seinen politischen Plänen ein Ende. Er schreibt darüber:

"Ich stand vor dem Scherbenhaufen meiner ungeheuer eifrigen Tätigkeit, zugleich mit dem Verlust meiner Heimat und meines schönen Grundbesitzes im Baltenland, so daß in dieser Zeit mein ganzes Gottesgebäude ins Wanken kam. Das war die zweite Krise meines Lebens. Es ist kaum möglich, den Zustand der Ratlosigkeit zu schildern, in welchen ich damals geriet. Ich glaubte an gar nichts mehr, weder an Gott noch an mich selbst.

Gerade in dieser Krise erlebte ich nun zum zweiten Mal, daß es einen 'gnädigen Gott' gibt: In der ersten, als ich vor dem Selbstmord stand, wurde mir meine Frau und die Ehe gegeben, und jetzt erreichte ich festes Land, an das ich mich mit einer Planke retten konnte: Ich entdeckte Jesus Christus.

Das geschah folgendermaßen: Mir wurde eine Auslegung der Offenbarung geschenkt. Ich versenkte mich hinein, konnte zwar vieles nicht verstehen, aber eins erkannte ich: daß hier die Beziehung zwischen Gott und dem Weltgeschehen in gewaltigen Bildern dargestellt wird, völlig beherrscht durch die Gestalt Christi. Plötzlich erwachte mein Interesse für Gott. Ich hatte das dringende Bedürfnis, ihn kennenzulernen, und schlug meine Bibel auf. Zunächst trat mir eine Menge von Worten entgegen, die mir von Kindheit her vertraut im Ohr klangen, mich aber gerade deshalb abschreckten. Ich wollte keine Religion, auch keine Lehre oder Erziehung zu frommem Denken, sondern ich wollte ganz einfach über Christus Bescheid wissen: Was hat er denn so Besonderes an sich, daß er als Lehrer der Menschheit gelten soll? Ich vertiefte mich in die Evangelien. Jedes Wort war mir bedeutsam, jede Tat, die er getan hat, jeder Satz, den er aussprach. Bei diesem Studium erschien vor mir eine Persönlichkeit von einer ganz unbegreiflichen Kenntnis unserer tiefsten und geheimsten Beweggründe, von einer souveränen Fähigkeit, den Menschen zu durchschauen und anzupacken, und von einem Charakter, wie er mir nirgendwo begegnet war, den aber mein suchender Sinn in wirklicher Ehrlichkeit bejahen mußte. Hier war nichts, was nicht meinem höchsten Ideal entsprach. Alles, was ich als göttlich empfinden konnte, das stand nun vor mir, lebendig, tätig, unausweichlich. Wie Christus in die Weltgeschichte und in die Menschheit einbrach, so brach er auch in mein Herz ein, der Aufbauende, der Neuerfüllende, der das lieblose eigensüchtige Herz umzuschmelzen begann. Nun verstand ich, was der heilige Geist ist: Eben dieser Einfluß, der von Christus ausgeht, weil er eins mit dem Vater ist. Ein schweres Schuldgefühl überfiel mich während dieser Entdekkung Christi, denn ich hatte tatsächlich 22 Jahre meines Lebens zugebracht, ohne mich um ihn zu kümmern, ohne die Wahrheit, die von Gott kommt, zu beachten. Zugleich spürte ich dankbar, daß ich Christus wirklich ganz neu, wie zum ersten Male entdecken konnte. Erst aus großer Lebensnot heraus hatte ich suchen gelernt und gefunden, ich hatte angeklopft und mir war aufgetan worden."

Vor van der Ropp stand nun die schwerste Entscheidung seines Lebens: Sollte er weiterleben wie bisher, bestimmt vom eigenen Willen oder sollte er in den Dienst Christi treten? Sein brennender Wunsch wurde: 'Eine Hilfsstelle zur Heilung von Seelen' zu werden.

"Um das zu können, bedurfte es einer ganz neuen Einstellung zu Christus: Es genügte nicht, bewundernd vor diesem Herrn der Herren zu stehen, sondern ich mußte mich rest- und bedingungslos ihm ergeben, mich unter seine Führung stellen. Das war ein schmerzlicher Prozeß. Ich habe vieles geopfert: Meinen heißgeliebten Beruf, in dem ich viel Geld verdiente und glänzende Aussichten hatte, Vermögen, politische Tätigkeit und Pläne – eigentlich alles, was ich war und wußte. Meinen Willen zu opfern ist mir sehr schwer geworden.

Als Folge der Entdeckung des Evangeliums stand ich geradezu unerwartet vor meinem eigenen Charakter; ich war sehr erstaunt, mich kennenzulernen. Diese aufregende Schau war nur durch die Begegnung mit Christus entstanden, der mir gewissermaßen einen Spiegel vor das Herz hielt. Ich vermochte mich selbst zu betrachten, ohne irgend einen Kurs in Psychoanalyse durchgemacht zu haben. Ich mußte erkennen, daß ich mit dem Begriff Sünde unerhört oberflächlich umgegangen war. Solange ich nicht etwas tat, was mein willfähriges Gewissen verletzte, solange hatte ich mich etwa für vollkommen gehalten. Wie Schuppen fiel es mir von den Augen, daß dies nichts war als ein überheblicher, selbstgerechter und gefährlicher Zustand. So habe ich mich mit diesem Problem schwer abgekämpft und habe lange Zeit gebraucht, es nun auch praktisch anzupacken. Als ich mich das erste Mal entschloß, ohne Hintergedanken zu beichten, hatte ich ein ganz abscheuliches Gefühl. Ich tat es einem Freund gegenüber, von dem ich wußte, daß er nie darüber reden würde. Seit dieser Zeit hat die Sünde für mich diesen abscheulichen Nimbus des Unheimlich-Heimlichen verloren, als sei sie etwas, was nicht an das Tageslicht dürfe.

Durch die Begegnung mit Christus ist etwas Gewaltiges bei mir eingetreten: Ich habe erfahren, was 'Leben' ist."

Am eigenen Leib verspürte damals van der Ropp, daß Buße und Vergebung Menschen zu einem neuen Leben führen. Innerlich zerbrochen erkannte er in stiller Selbstbesinnung über der Bibel und durch das Studium der großen geschichtlichen Zusammenhänge, daß der Mensch sein Schicksal nicht selbst bestimmen kann, sondern daß Christus der Herr des einzelnen wie der ganzen Weltgeschichte ist. Diese neugewonnene Erfahrung wollte er nun anderen weitersagen. Und die Menschen hörten auf ihn. Er bekam viele Einladungen zu Vorträgen in Kirchen, so daß er von Königsberg bis zum Bodensee, von Wien bis Hamburg oft unterwegs war. Eine besondere Gelegenheit ergab sich, als er gerufen wurde, jungen Männern in einer Sportschule in der Mark Brandenburg von seinen Erfahrungen zu berichten. Damals entstand 1928 die erste "Christliche Kampfschar". Die jungen Leute trugen die Botschaft von Christus in eigengestalteten Gottesdiensten oder selbst verfaßten Laienspielen in die Gemeinden hinein, die davon tief beeindruckt wurden. Diese Arbeit stand in voller Blüte, als 1935 das Haus der Kampfschar in Berlin-Schöneberg durch die nationalsozialistische Partei geschlossen wurde. Von da an konnte van der Ropp seinen Dienst nur noch in Kirchen tun. Aber auch in diesem begrenzten Raum war seine Arbeit gesegnet.

Nach dem Kriegsende im Jahre 1947 gaben ihm die Engländer noch einmal Gelegenheit zu ausgedehntem Wirken: Auf einem großen Hof im Oberbergischen konnte er eine christliche Schulungsarbeit für junge Männer einrichten.

1951 zog der über Siebzigjährige nach Süddeutschland. Er arbeitete noch mit bei Tagungen der Evang. Akademie Bad Boll; sein besonderes Anliegen war die Seelsorge. Immer war sein Thema: Christus – seine Persönlichkeit, sein einzigartiges Leben und seine Behandlung menschlicher Probleme.

Im Alter von 85 Jahren ist er 1964 in Bad Boll gestorben.

Was tatest du für mich?

Pater Hugo, Geistlicher an der reichen Kirche zum Heiligen Hieronymus in Düsseldorf, trat in die Werkstatt des jungen Malers Domenico Feti (1589–1624). Ein Altarbild von der Kreuzigung Jesu sollte der Künstler malen. Beide wurden über den Entwurf und den Preis einig, und der Maler machte sich fleißig an die Arbeit.

Als aber der Frühling kam und die ersten Blumen sich entfalteten, da packte Feti die Sehnsucht, einmal die Stadt zu verlassen und mit seinem Skizzenbuch draußen in Wald und Feld umherzustreifen. Dabei traf er ein Zigeunermädchen, das am Wege saß und Strohkörbe flocht. Ihre Schönheit fesselte sein Künstlerauge. "Was gäbe das für ein herrliches Bild!", durchfuhr es ihn, und schnell nahm er sein Skizzenbuch heraus.

Jetzt erst bemerkte ihn das Mädchen und erriet seine Absicht. Sofort sprang sie auf. Dann hob sie die Hände über den Kopf, schnippte mit den Fingern den Takt und tanzte leicht und anmutig vor ihm hin und her. Dabei zeigte sie ihre weißen Zähne und ihre Augen strahlten vor Lust.

"Halt still!" rief Feti, und in aller Eile skizzierte er sie. Er wollte sie als spanische Tänzerin malen. Sie schlossen einen Vertrag, Pepita sollte dreimal in der Woche zu ihm kommen. Pünktlich zur festgesetzten Zeit erschien sie. Ihre großen Augen wanderten im Atelier hin und her und ruhten verwundert auf den altertümlichen Rüstungen, Krügen und Schnitzereien.

Dann fing sie an, die Gemälde zu betrachten, und bald fesselte das große Altarbild, das seiner Vollendung nahe war, ihre Aufmerksamkeit. Immer, wenn sie da war, betrachtete sie es staunend. Schließlich fragte sie mit scheuer Stimme: "Wer ist das?" und zeigte auf die Figur in der Mitte.

"Christus", antwortete Feti gleichgültig.

"Was geschieht mit ihm?"

"Er wird gekreuzigt", sagte der Künstler. "Drehe dich ein wenig nach rechts – ja, so geht's." Mit dem Pinsel in der Hand war er ein Mann von wenig Worten.

"Wer sind die anderen Leute, die mit den bösen Gesichtern?"

"Hör einmal", sagte Feti, "ich kann nicht immerfort mit dir reden, du hast hier weiter nichts zu tun als still zu stehen".

Das Mädchen schwieg eingeschüchtert. Aber sie betrachtete weiter das Bild und grübelte darüber nach, was es bedeuten sollte. Jedesmal, wenn sie das Atelier betrat, fesselte sie das Gemälde von neuem. Ab und zu wagte sie eine Frage, denn die Sehnsucht, mehr zu erfahren, verzehrte sie fast.

"Warum kreuzigten sie ihn denn? War er schlecht, sehr schlecht?"

"Im Gegenteil – der beste Mensch auf der Welt."

Das war alles, was sie bei einer anderen Unterredung erfahren konnte, doch hütete sie jedes einzelne Wort wie einen Schatz. Durch jeden Satz erfuhr sie ja etwas mehr von dem Geheimnis.

"Wenn er gut war, warum kreuzigten sie ihn denn?"

"Es war, weil" – der Künstler hielt inne, tat einen Schritt vorwärts und ordnete etwas an ihrer Schürze.

"Weil...?" Wiederholte sie atemlos.

Er trat zurück an die Staffelei, dann sah er sie an und ihr fragendes Gesicht erregte sein Mitleid.

"Hör zu, ich will es dir erzählen, aber dann laß mich mit deinen Fragen in Ruhe." Und er berichtete ihr die Geschichte des Gekreuzigten – neu für Pepita, für den Künstler so alt, daß sie ihn gar nicht mehr bewegte. Er konnte die Todesangst Jesu malen, ohne daß ein Nerv bei ihm zuckte, während schon der bloße Gedanke daran ihr fast das Herz brach. Ihre großen, schwarzen Augen standen voller Tränen, die ihr Zigeunerstolz doch verbergen wollte.

Das Altarbild und die "spanische Tänzerin" wurden zu gleicher Zeit fertig. Pepitas letzter Besuch im Atelier war gekommen. Gleichgültig sah sie auf das schöne Bild, das der Künstler von ihr gemalt hatte. Aber dann drehte sie sich um, stand vor dem Altarbild und konnte sich nicht davon trennen.

"Komm", sagte der Künstler, "hier ist dein Geld, und noch ein Goldstück darüber, denn du hast mir Glück gebracht, die spanische Tänzerin ist schon verkauft."

Das Mädchen wandte sich langsam um. Ihre Augen, die voll tiefer Bewegung waren, schauten feierlich. "Nicht wahr, Herr, Ihr liebt ihn sehr, weil er das alles für Euch getan hat?" Das Gesicht, in das sie sah, wurde dunkelrot. Der Künstler schämte sich. Daran hatte er noch nie gedacht. Das Mädchen in seinem armseligen, verblichenen Kleide verließ das Atelier, aber die fragenden Worte klangen in seinem Herzen nach. Er versuchte sie loszuwerden, aber es war unmöglich. Er beeilte sich, das Gemälde an seinen Bestimmungsort zu schicken, doch konnte er nicht die Worte vergessen: "All das für dich!"

Zuletzt war die Qual seines Herzens nicht mehr zu ertragen. So ging er zu Pater Hugo zur Beichte. Da er an alle Lehren der Kirche glaubte, erteilte ihm der Priester Absolution und versicherte, alles wäre in Ordnung. Der Künstler gab das Altarbild viel billiger ab, als er gewollt hatte und fühlte sich ein oder zwei Wochen lang erleichtert.

Aber dann erwachte von neuem die Frage: "Ihr liebt ihn doch sehr?" und forderte Antwort. Feti wurde ruhelos und konnte nicht mehr arbeiten. So wanderte er viel in der Stadt umher. Eines Tages sah er Menschen in ein kleines Haus an der Stadtmauer gehen. Bald darauf erfuhr er, daß ein Fremder dort wohnte, einer von der neuen Lehre. Hier war möglicherweise das zu finden, was er suchte. So ging Feti in die Versammlungen, um zu beobachten, vielleicht als Suchender, sicher nicht, um ein Anhänger dieser Lehre zu werden. Aber ein Mensch kann dem Feuer nicht nahe kommen und doch kalt bleiben. Der Suchende fand das, wonach er sich sehnte: Einen lebendigen Glauben. Sein neuer Bekannter lieh ihm eine Zeitlang eine kostbare Abschrift des Neuen Testamentes, das er mit innerster Ergriffenheit las.

"All das tat er für mich! – Wie kann ich den Menschen sagen von dieser Liebe, dieser grenzenlosen Liebe, die ihr Leben ebenso hell machen will wie das meine?" Während der Künstler so grübelte, hielt er zufällig ein Stück Holzkohle in der Hand. Gedankenlos, halb im Traum, zeichnete er mit ein paar Strichen ein dornengekröntes Haupt. Seine Augen wurden feucht dabei. Plötzlich fuhr ihm ein Gedanke durch den Sinn: "Ich kann malen, mein Pinsel muß es verkünden. Ach, in jenem Altarbild drückte sein Gesicht nur Todesqual aus. Aber das war nicht die Wahrheit. Unaussprechliche Liebe, unendliches Mitleid, williges Opfer müssen darin zu sehen sein."

Dann ging er an die Arbeit, ganz hingegeben an seine Vision. Und dieses Gemälde des Gekreuzigten wurde ganz anders als das erste, weil er es wie aus einer göttlichen Eingebung heraus malte.

Er konnte sich nicht entschließen, es zu verkaufen und schenkte es seiner Geburtsstadt Düsseldorf. Das Bild wurde in der öffentlichen Galerie aufgehängt, und die Bürger strömten dahin, es zu sehen. Jeder, der davor stand, verstummte; und jedes Herz wurde bewegt von den Worten, die unter dem Bild standen:

"Ego pro te haec passus sum; Tu vero, quid fecisti pro me?"

(Das tat ich für dich – was tatest du für mich?)

Auch Feti ging oft hin. Er stand weit hinten in einer Ecke der Galerie und bat Gott, er möge seine gemalte Predigt segnen. Als sich eines Tages die übrigen Besucher verlaufen hatten, bemerkte er ein armes Mädchen, das bitterlich weinend vor dem Bild stand. Der Künstler trat zu ihr: "Was macht dich so traurig, Kind?"

Das Mädchen wandte sich um, es war Pepita. "O Herr, wenn er mich nur so geliebt hätte!" sagte sie und deutete auf das Antlitz des Heilandes. "Ich bin nur ein armes Zigeunermädchen; für Euch ist die Liebe da, aber nicht für mich"; und die Tränen stürzten ihr aus den Augen.

"Pepita, auch für dich ist das alles!" Und dann erzählte der Maler ihr noch einmal die ganze Geschichte dieser Liebe. Nun wurde er nicht mehr müde, ihre Fragen zu beantworten, denn sie fragte ja nach dem Einen, den auch er liebte. Er erklärte ihr, wie diese erlösende Liebe alle Menschen und auch sie mit Gott verbinde. Sie lauschte und nahm seine Worte in ihr Herz wie das dürre Land den erfrischenden Regen. Nun wußte sie gewiß: Auch für mich ist er gestorben und liebt mich.

Ungefähr 100 Jahre später, im Jahr 1719, kam ein fröhlicher junger Graf aus Schlesien auf seiner Bildungsreise nach Düsseldorf und besuchte die berühmte Galerie. Unter vielen hunderten der herrlichsten Portraits zog das Bild des Gekreuzigten Augen und Gemüt des Grafen Zinzendorf auf sich. (Das Bild von Domenico Feti hängt heute in der Pinakothek in München.) Die Unterschrift war es besonders, die ihn tief ergriff: "Das tat ich für dich – was tatest du für mich?" Er schrieb damals in sein Tagebuch: "Mir schoß das Blut ins Gesicht, daß ich hier auch nicht viel würde antworten können, und bat meinen Heiland, mich in die Gemeinschaft seines Leidens mit Gewalt zu reißen, wenn mein Sinn nicht hinein wollte."

Dieses Erlebnis war eine bedeutende Stunde in Zinzendorfs Leben, die ihn darin bestärkte, sein Leben ganz Christus hinzugeben.

Erlebnisse eines Seelsorgers

Jahrelang bereitet sich der Mensch auf seinen Beruf vor. Sollte er nicht dasselbe tun für die Zeit, da er nicht mehr arbeiten kann? Dabei geht es nicht nur um ein Hobby, um einmal seine Zeit ausfüllen zu können. Geht es nicht viel mehr darum, zu bedenken, daß man unverhofft in ein "dunkles Tal" kommen kann? Es ist schwer, dann in Stunden oder Tagen nachzuholen, was man in Jahren versäumt hat. Viele weisen solche Gedanken von sich, weil sie meinen, daß es ja noch weithin bis zum Sterben sei. Wer viel zu Kranken kommt, kann hierzu von erschreckenden Erfahrungen berichten.

Etwa von dem einen Schwerkranken, bei dem auf eine Besserung nicht mehr zu hoffen war. Gleich zu Anfang meines Besuches sagte er mir deutlich, daß er keinen Pfarrer an seinem Krankenbett wünsche. "Was ich im Krieg erlebt und gesehen habe, hat mir jeden Glauben an einen Gott genommen. Seither will ich nichts mehr davon hören. Ein Stück Vieh stirbt doch auch ohne Gott." Seine Frau hatte eine schwere Pflege und hörte kaum ein gutes Wort von ihm, bis er starb.

Bei einem Zweiten kam es gar nicht zu einem Gespräch. Der Kranke drehte sich zur Wand, als ich ihn begrüßen wollte und sagte nur: "Sie können wieder gehen." Seiner Frau, die dabei stand, war ein tiefes Erschrecken auf dem Gesicht zu lesen. Noch monatelang nach seinem Tod quälte sie die Unruhe: "Was wird aus meinem Mann geworden sein, der bis zuletzt Gott ablehnte?" Hilfreicher ist es, vom stillen Heldentum zu hören, das in Alten- und Krankenzimmern gelebt wird.

Frau Röder war im 50. Lebensjahr durch einen Unglücksfall erblindet. So oft ich sie besuchte – nie habe ich aus ihrem Munde eine Klage darüber gehört, daß sie seit langen Jahren kein Menschenangesicht, keine Blume mehr gesehen und keinen Buchstaben hatte lesen können; wohl aber hörte ich sie viel danken für alles, was es in ihrem bescheidenen Leben noch an Freude gab. Weil sie in ihrer Dunkelheit viele Stunden allein saß, hatte sie angefangen, auf einer Mundharmonika zu blasen. Zwar stimmten die Akkorde nicht so richtig, aber sie war glücklich, wenn ich die Lieder erkannte und zu ihrem Spiel sang. Ich war erstaunt, wieviele Volkslieder und Choräle sie spielen konnte. – Als ich sie einmal fragte: "Waren Sie schon immer ein so fröhlicher Mensch?", erzählte sie mir, wie schwer ihr die ersten Jahre in der Dunkelheit gefallen seien. "Außen dunkel – innen dunkel. Ein Glück, daß damals mein Mann noch lebte und mir liebevoll beistand. Nun bin ich seit fast 20 Jahren allein, aber ich kann es Ihnen mit Freuden sagen: Außen wird es immer dunkel bleiben, aber da drinnen ist es hell geworden. Ja, die Lieder und die Musik waren meine Tröster und treuen Helfer bei Tag und Nacht. Nun weiß ich es: Er ist bei mir, wie es im Lied heißt: 'Ach mein Herr Jesu, dein Nahesein bringt großen Frieden ins Herz hinein...'"

Zu ihrem 80. Geburtstag schenkte ihr die Firma Hohner, der ich von der besonderen Altersfreude dieser Blinden schrieb, eine schöne, neue Mundharmonika. Das war ihre größte Freude an diesem Festtag.

Manche Männer sind im Alter brummig und launisch, auch wenn sie es nicht böse meinen. So hatte Karl Wägner schon oft zu seiner Frau gesagt: "Mußt mich halt nehmen, wie ich bin", und die Lebensgefährtin nahm ihn wirklich mit unendlicher Geduld, wie er war: Sein Murren über das Essen, sein Brummen über die Langeweile und sein Schimpfen über allerlei kleine Nöte. Dabei hatte sie auch ihre eigenen Kümmernisse. Mit 74 Jahren wurde er schwer krank. Hatte sie ihn bis dahin schon mit Engelsgeduld ertragen, so war es jetzt erst recht ihr Bestreben, ihm beizustehen, nicht nur mit vielen Liebesdiensten, sondern auch mit ihrem täglichen Einstehen für ihn vor Gott. Als er merkte, daß es dieses Mal ernst bei ihm würde, ließ er es sich gefallen, daß sie ihm ab und an einen Vers aus dem Gesangbuch vorlas. Wer weiß, was in einem Sterbenden vorgeht? Als ich sie nach seinem Tod besuchte und vorsichtig andeutete, daß sie jetzt doch etwas aufatmen könne, fiel sie mir ins Wort: "Sehen Sie, da kommen die Leute und sagen: 'Gelt, der Tod deines Mannes war eine Erlösung für ihn und für dich?' Wenn ich das höre, könnte ich davonlaufen. Erlösung für mich! Wenn er nur noch da wäre! Freilich war die Pflege schwer, aber doch habe ich ihm noch zeigen können, wie lieb ich ihn habe. Und allemal ist dann ein freundliches Lächeln über sein sonst so verschlossenes Gesicht gegangen. In den letzten Tagen habe ich noch mit ihm beten können. Das war das Schönste. Nein, ich wollte ihn gern noch weiter pflegen, wenn er nur noch da wäre!..."

Frau Haußmann lag schon elf Jahre völlig gelähmt in ihrem Bett. Keine Tasse konnte sie halten. Sie mußte alle Handreichungen von ihrer Tochter annehmen, aber ihr Geist war rege geblieben. Wenn ein Besuch sie bemitleiden wollte, wehrte sie rasch ab. Aber manchmal, wenn einer verstehend über ihre Hände strich, konnte es sein, daß sie ihr "Geheimnis" offenbarte: "Sehen Sie, dort an der Wand hängt ein Kreuzbild meines Heilandes. In meinen langen Krankheitstagen habe ich erst recht verstehen gelernt, was es mit seinem Sterben auf sich hat. Wenn die Stunden kommen, wo ich die Schmerzen fast nicht mehr aushalten kann, schaue ich dort hinüber, und dann ist es mir, als ob er sagte: "Anna, trag dein Leiden, ich hab's noch schwerer gehabt als du und die Marter durchlitten, damit niemand in der Welt denken muß: 'Jetzt bin ich ganz verlassen.' Dann geht es allemal wieder besser."

Die Tochter, die sie die ganze, lange Zeit hindurch treu pflegte, sagte mir beim Abschied: "Von ihr geht soviel Kraft aus, daß ich mich schämen würde, darüber zu jammern, daß es nun schon elf Jahre sind. Bei ihr lernt man, was Beten und Glauben ist."

Zu spät!

Thomas Carlyle, Englands großer Geschichtsschreiber, hatte 1826 Jane Welsh, eine geistig außergewöhnlich hochstehende Frau, geheiratet. Aber für einen guten Ehemann fehlten dem bedeutenden Gelehrten so gut wie alle Voraussetzungen. Er brauchte die Einsamkeit als Vorbedingung für sein Schaffen. Bei seiner rastlosen Tätigkeit störte ihn schon der geringste Lärm. Selbst das Essen, das sie wegen seines Magenleidens besonders sorgfältig zubereiten mußte, war ihm eine unwillkommene Störung. Ihre Hausarbeit, die sie in den ersten Jahren allein tat, fand keine besondere Anerkennung durch ihren Mann. Jane wußte, daß der Preis, den die Natur für ungewöhnliche Genies zu verlangen pflegt, in einem Mangel an gewöhnlichen bürgerlichen Tugenden besteht. Sie hat ihn bezahlt in dem Bewußtsein, das Ihre beizutragen, um eine geistige Kraft zu ihrer höchsten Möglichkeit zu steigern.

Anfang Oktober 1865 wurde Carlyle im sechzigsten Lebensjahr eine der größten Ehrungen zuteil, die einem Schriftsteller in Großbritannien erwiesen werden kann: Die Wahl zum Rektor der Edinburgher Universität. Dies war eine besondere Anerkennung durch die junge Generation, da die Wahl von den Studenten ausgeht. Frau Carlyle war in London geblieben, weil sie die Aufregungen der ganzen Veranstaltung fürchtete und erlebte so den Triumph nach der öffentlichen Ansprache ihres Mannes nicht mit.

19 Tage später entschlief sie still und unbemerkt in ihrer Kutsche bei einer kleinen Ausfahrt, ohne ihren Mann wiedergesehen zu haben.

Die Nachricht traf ihn wie ein Blitz. Tief erschüttert suchte er sich seinem Schmerz von der Seele zu schreiben. “Ich war wie betäubt. Zwei Tage lang vermochte ich die unermeßlichen Tiefen der Nachricht nicht zu ergründen und den unendlichen Schmerz, der in einem Augenblick mein Leben der Hülle beraubt und meine Welt unter Trümmern begraben hatte.” Aus nachgelassenen Briefen erfuhr er, daß sie sich oft an seiner Seite nicht glücklich gefühlt und daß sie mehr entbehrt hatte, als er ahnte. Aus dieser Stimmung heraus schrieb er “Erinnerungen an Jane Welsh Carlyle” mit vielen Selbstanklagen. “Ach, sie hat es nie ganz erfahren, noch konnte ich es ihr in meinem schwerbeladenen, elenden Leben zeigen, wie sehr ich sie zu allen Zeiten geschätzt, geliebt, bewundert habe. Nun kann ich es ihr nicht mehr sagen. Noch fünf Minuten Deiner lieben Nähe in dieser Welt; o, daß ich Dich nur fünf Minuten lang noch hätte, um Dir alles zu sagen! – Ich habe sie nie genug gelobt, daß sie sich soviel Mühe gegeben und alles so gut gemacht hat. Nun ist es zu spät! O, bedenke es, wenn du noch ein lebendiges Wesen hast, das du lieb hast; warte nicht, bis der Tod die armseligen kleinen Staubwolken und Dissonanzen des Augenblicks hinunter fegt, und alles zuletzt so trauervoll klar und schön dasteht, wenn es zu spät ist!”

Vor der letzten Instanz

Es war in einem Kreis von Männern und Frauen, die sich für Gegenwartsfragen interessierten. In der Atmosphäre eines Privathauses war es leichter, offen miteinander zu reden als z. B. auf einer Tagung. Das geschah auch in dieser Runde; darum kam man gerne dort zusammen. Heute ging das Gespräch um die steigende Kriminalität, besonders unter Jugendlichen.

"Wenn man seine Zeitung aufschlägt, so bekommt man fast jeden Tag eine oder gar zwei Seiten lang so scheußliche Verbrechen vorgesetzt, daß man gar nicht weiter lesen mag."

"Ja, und oft sind es junge Menschen zwischen 14 und 20, die sie verüben."

"Kein Wunder, wenn man so oft in Krimis des Fernsehens solche Dinge ausführlich gezeigt bekommt."

So ging das Gespräch lebhaft hin und her und war in bester Fahrt, von den Untaten anderer zu reden, bis einer anfing: "Heute pflegt man in solchen Fällen gleich den Psychologen oder Psychotherapeuten zu bemühen; früher hätte man daran erinnert, daß Menschen, die den inneren Halt des Glaubens verlieren, leicht zu Fall kommen. Man hätte schlicht und einfach von Sünde gesprochen, vom Sich-loslösen von der Hand Gottes."

Ein Mann aus der Wirtschaft bemerkte dazu: "Mit Sünde dürfen Sie dem modernen Menschen nicht mehr kommen. Sünde gibt es nur noch in Filmtiteln. Aber ich will Ihnen etwas sagen: Wenn schon keine Sünde, so habe ich doch in mir einen ganzen zoologischen Garten: Einen Löwen, der meine Frau anbrüllt; eine Schlange, die ihr Gift verspritzt; einen Aal, der sich geschickt auf Kosten der Wahrheit überall durchwindet und einen Igel, wenn der sich wehrt, dann spreizt er seine Stacheln nach allen Seiten. O nein, keine Sünde, nur ein ganzer zoologischer Garten. Ich muß bekennen, mit diesen Biestern in mir werde ich nicht fertig."

Es gab eine lange Pause, weil jeder spürte, daß es jetzt nicht mehr um andere, sondern um ihn selbst ging.

Fast stockend nahm einer das Gespräch wieder auf: "Ja, bei mir passieren auch fast täglich Dinge, die ich hinterher gerne ungeschehen machen würde. Ich bemühe mich dann, sie zu vergessen, aber ganz unvermutet – meistens nachts – tauchen sie wieder auf.

Ich las in einer großen Zeitung einmal vom Erlebnis eines Matrosen, der beim Untergang seines Schiffes im ersten Weltkrieg wohl das Bewußtsein verlor, aber doch noch gerettet wurde. Nach seiner Genesung erzählte er, daß in den höchstens zwei Minuten zwischen Ertrinken und Rettung sein Leben in einem atemberaubenden Film an ihm vorüberzog. Da müßte man ja an eine fast unendliche Kraft des Gedächtnisses glauben!"

"Wenn es so etwas gibt wie diesen 'Film des Lebens'", meinte eine Frau nachdenklich, "wie wird es dann erst sein, wenn wir mit der Last unserer Erinnerungen vor der letzten Instanz in einer anderen Welt stehen müssen?"

Aufmerksam hatte der Hausherr zugehört. Dann stand er auf, holte ein Buch vom Bord und sagte: "Ich möchte Ihnen, meine verehrten Gäste, etwas vorlesen, das mich schon oft beschäftigt hat: Erinnerungen von Bischof Hanns Lilje. Im Zusammenhang mit seinem Widerstand gegen das NS-Regime wurde er verhaftet und befand sich 8 Monate lang im Gefängnis in Tegel – ständig in Todesgefahr.

In seinem Buch ‘Im finstern Tal’ schreibt er:

“Gesegnete Einsamkeit! Denn nun beginnt die große Revision. Das ist zunächst Schritt für Schritt ein Weg in die Tiefe. Bild um Bild steigt aus der Vergangenheit auf, längst vergessene Szenen aus völlig vergessenen Winkeln. Ich habe nicht gewußt, daß in der Todesnähe die eigene Vergangenheit mit solch plastischer Anschaulichkeit vor unser geistiges Auge treten kann, und ich ahne von ferne, wie es sein wird, wenn am Jüngsten Tage unser Leben vor den Augen des ewigen Richters liegt wie ein aufgeschlagenes Buch. Ich verstehe zum ersten Mal die unheimliche Wirklichkeit des Psalmwortes: ‘Unsere unerkannte Sünde stellst du ins Licht vor deinem Angesicht.’ Was steigt da alles aus dem Brunnen der Vergangenheit auf! Wir Menschen sind Virtuosen der Vergeßlichkeit, wenn es sich um unsere eigenen Schwächen und Verschuldungen handelt; aber welche Kette dunkler Erinnerungen ergibt das, wenn wir zum ersten Mal nicht im milden Licht bürgerlicher Maßstäbe, sondern im Angesicht der Ewigkeit unsern bisherigen Weg überschauen!

Es ist ein Gefühl völliger Wehrlosigkeit gegenüber der eigenen Vergangenheit; nichts kann ich mehr an ihr ändern, mit unabänderlicher Abgeschlossenheit steht sie da. Aber es ist gerade dies Gefühl völliger Wehrlosigkeit, das mir den Weg zu Gottes Erbarmen öffnet.

Von nun an schaue ich täglich auf zu dem Gottessohn, der sich im Garten Gethsemane unter den schweren, heiligen Willen Gottes gebeugt und durch seinen Todeskampf der Todesfurcht die Macht genommen hat. Von ihm lerne ich, wie man über Zittern und Zagen hin zu diesem schweren, heiligen Gotteswillen Ja sagt.”

Niemand hatte erwartet, daß das Gespräch, das mit dem allgemeinen Thema der Kriminalität begonnen hatte, zu solchen, die eigene Person treffenden Gedanken führen würde. Jeder stand unter dem tiefen Eindruck des Vorgelesenen.

Der Hausherr schloß den Abend: “Wenn auch Bischof Lilje

in einer ganz besonderen Lage war, so können wir alle in eine ähnliche Situation kommen, wenn wir an die äußerste Grenze unseres Lebens geführt werden. Da wird man nicht mehr an die Schuld anderer denken, sondern genug mit sich selbst zu tun haben – und mit Gott, der letzten Instanz."

Glückliche Leute vor den Toren der Ewigkeit

Als der alte Vater *Bodelschwingh* kurz vor dem Zusammenbrechen seiner Kräfte seinen Freund Kuhlo, der im 82. Lebensjahr stand und zwei Tage später heimging, zum letztenmal besuchte, fielen sich die beiden Freunde in die Arme, und Bodelschwingh rief: "Bruderherz, was sind wir beide für glückselige Leute, daß wir so dicht vor den Toren der Ewigkeit stehen!" Und dann stimmten beide wie von selbst den Vers an:

Ein Tag, der sagt's dem andern,
mein Leben sei ein Wandern
zur großen Ewigkeit.
O Ewigkeit so schöne,
mein Herz an dich gewöhne!
Mein Heim ist nicht in dieser Zeit.

Der Graphiker und Schriftkünstler *Rudolf Koch* in Offenbach war auch solch ein Glücklicher. Nach einer schweren Nacht im Krankenhaus in Frankfurt wollte er mit seiner Familie das Heilige Abendmahl feiern. Als die Seinen darüber beunruhigt waren, sagte er: "Ich begreife gar nicht, was es da zu klagen gibt. Ich freue mich, daß ich meinen Herrn bald von Angesicht sehen werde, und nun dürfen wir miteinander seinen Leib empfangen." Das Sterben hatte für ihn seinen Schrecken verloren und war ihm nur ein Durchgang zum Leben. Er war dankbar, daß ihn Gott in seiner Arbeit reich gesegnet hatte. "Jetzt ist's genug. Das Allerbeste ist doch, daß mir der Herr seinen Namen kundgetan hat, und daß ich an ihn glauben kann." Kurz danach (Ostern 1934) ist er getrost heimgegangen.

Ein anderer dieser Glücklichen war der Leipziger Diakonissenrektor *Gerhard Lohoff*, der im gleichen Jahr starb, erst 45 Jahre alt. Kein Schatten von Todesangst kam über ihn, obwohl ein Halsleiden die Nahrungsaufnahme unmöglich machte und er wußte, daß er sterben mußte. Er konnte auch nicht mehr sprechen. Plötzlich kehrte in der letzten Nacht die Stimme wieder und laut rief er:

"Wir haben ja die Verheißungen Gottes, warum glauben wir denn nicht daran? 'Er hat's gesagt und darauf wagt mein Herz es froh und unverzagt und läßt sich gar nicht grauen!'"

Ludwig Richter schreibt in seinem Tagebuch: "Ich kehre nun ohne die liebe Mutter heim. Es liegt mir immer in Gedanken: Wo weilt sie jetzt? Da schweigt alles Wissen und wird schweigen, solange irdisches Leben dauert, und doch ist's auch da nicht ganz Nacht geblieben. Die Aussprüche unseres Herrn stehen da wie helle, liebliche Sterne; sie sind fest und herrlich glänzend auf diesem nächtlichen Grunde, aber sie sprechen mehr zum Herzen, als daß ich sie begreifen und fassen könnte. Des Heilands eigene Auferstehung steht wie ein Morgenrot am Himmel, und köstliche Worte wie:

'Ich lebe und ihr sollt auch leben'
'Wo ich bin, da soll mein Diener auch sein'
'In meines Vaters Hause sind viele Wohnungen,
ich gehe hin, euch die Stätte zu bereiten' –
das sind Morgensterne.

Ich weiß wohl, daß damit die Frage nach dem Wo und Wie für meine sinnliche Natur nicht beantwortet ist. Wir leben aber im Glauben und nicht im Schauen; und es ist mir eigentlich auch lieb so, daß wir nicht mit dem Teleskop in die Wohnstätten des Jenseits eindringen können, sondern daß ich meinem Erlöser Glauben und Vertrauen auf sein Wort beweisen und in Geduld seine Verheißung abwarten darf.

Und daß wir einen solchen Himmel voller Sterne der Verheißung haben, Lichter einer höheren Welt, die so tröstlich herunterleuchten, dafür sollten wir recht dankbar sein und in unserem Falle unseren Glauben daran üben und stärken."

Glücklich, wer die Hoffnung kennt,
die Er unsrer Welt gegeben.
Glücklich, wessen Leuchter brennt
auf dem Weg zum ew'gen Leben!

Heute

Vielen genügt es, die Auferstehung Jesu in den Büchern stehen zu lassen und etwa als ein wunderbares Ereignis der Vergangenheit gelten zu lassen, aber sie machen sich nichts daraus für ihr Leben. – Und doch gehört es zum Allerwichtigsten, daß wir diesen Heiland haben und wissen: Heute lebt Er, heute ist Er da, heute sollst du seine Kraft spüren! Ja, das ist unsere große Freude: Jesus lebt! – Ich weiß nichts, was mich ängstigt, wenn ich bedenke: Jesus lebt! – Kein Toben und Tosen der Völker, kein Leben und Streben der Gottlosen – gar nichts kann mich irgendwie ängstigen. – Keine Anfechtung, kein Herzenskummer, keine Krankheit, gar nichts – mag kommen, was da will: Weg! weg! weg! Jesus lebt! – Und Jesus lebt so, wie es dasteht, als der Auferstandene! – Wer das erfaßt hat, der sieht in die Welt mit ganz anderen Augen, der sieht lauter Reich Gottes, so töricht auch die Menschen noch leben.

Quellenverzeichnis

Der Ziegelstein: Michel Quoist in *Herr da bin ich.* Verlag Styria, Graz [56]1970
Alles wird anders: Martin Haug
Zum alten Eisen?: Martin Haug
Gebet um Humor: Thomas Morus (1478–1535), britischer Lordkanzler
Müssen Großeltern immer Ja sagen?: Gerda Haug
Die Kontaktperson: Gerda Haug
Das Fenster: Martin Haug
Ein Blick in die weite Welt: Martin Haug
Die Orchidee: Els Hupe
Dank eines Alten: Text aus Afrika
Ein leerer Stuhl: Dorothee Fischer-Naumann. Publizistisches Büro und Verlag Dr. Paul Herzog, Tübingen
Großmutters Geheimnis: Gerda Haug
Herr, ich habe Zeit: Michel Quoist in *Herr da bin ich.* Verlag Styria, Graz
Vom Sinn des Alterns: Luise Rinser in *Fragen – Antworten* (Nicht altern können) Echter Verlag, Würzburg 1968
Stufen: Hermann Hesse in *Die Gedichte.* Suhrkamp-Verlag Frankfurt
Wirf es nicht weg!: Nach A. Senge von Martin Haug
Die Kerze: Gerda Haug
Vom Umgang mit jungen Menschen: Luise Rinser in *Fragen – Antworten.* Echter-Verlag Würzburg 1968
Wenn man nicht schlafen kann: Martin Haug
Ein Experiment: Martin Haug
Solange ich noch für euch beten kann: Hans Zappe
Er wartet auf mich: Gerda Haug
Einem Scheidenden: Gerhard Fritzsche
Haben wir nur noch uns selbst?: Martin Haug
Ostern: Otto Riethmüller
Ein Mensch entdeckt das Leben: Friedrich van der Ropp / Martin Haug
Was tatest du für mich?: Martin Haug nach einer alten Geschichte
Erlebnisse eines Seelsorgers: Martin Haug
Zu spät! Nach Thomas Carlyle: Jane Welsh Carlyle
Vor der letzten Instanz: Martin Haug
Glückliche Leute vor den Toren der Ewigkeit: Martin Haug
Heute: Christoph Blumhardt